フェロモン探偵 母になる

丸木文華

講談社X文庫

目次

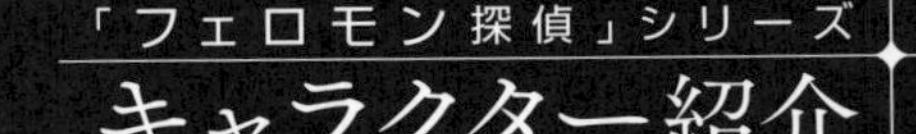
「フェロモン探偵」シリーズ
キャラクター紹介

夏川映
なつかわあきら
和装の美形探偵。由緒ある家柄で、絵画と琴の腕前は天才的。厄介事と妙な男を引き寄せてしまう超トラブル&フェロモン体質。美少年好きでタチと公言している。

蒼井秀一
あおいしゅういち
化学研究者。拓也の同級生で、映の元家庭教師。映の体を仕込んだ張本人。

雪也の双子の弟。白松組若頭。
白松龍二
しらまつりゅうじ

Characters

本名は白松龍一。実家は関東広域系ヤクザ白松組。家業は継がず、大学時代に会社を興し、今は悠々自適の生活。記憶喪失だったところを映に拾われ、助手になる。

ゲイではなかったが、映とは体の関係に。

如月雪也
きさらぎ ゆきや

イラストレーション／相葉キョウコ

フェロモン探偵　母になる

隠し子⁉

人生とは往々にして理不尽なものだ。

たとえ真っ当に生きてきたとしても、自分の日常とは関係のないところから、思いもよらぬ厄介事が突然舞い込むこともある。

とはいえ、夏川映はどちらかといえば他人の日常に厄介事を持ち込む側であることが多かった。生まれは完璧な上流家庭、日本画の大家を父に持ち、元華族で大きな琴の流派を率いる母がおり、自らも絵画で若くして様々な賞を総嘗めにし、琴の名手でもあるというういかにも由緒正しく華やかなバックグラウンドである。

しかし当人の生まれ持ってのトラブル体質、そして過去の経験によるフェロモン体質の発現によって、行く先々で関わる人々を何らかの騒ぎに巻き込んできた。

紆余曲折あって一度は飛び出した家と再び交流し始めたものの、まったく儲かっていない探偵業を辞める気はない。現在は事務所の前で気絶していた男こと如月雪也のマンションで、監禁スレスレの同棲生活を送っている。この名前は映が適当に名付けたもので、本名は白松龍一といい、実家は関東広域系のバリバリのヤクザ稼業である。恋人のようなセフレのような相変わらずはっきりしない関係の雪也だが、映の兄、拓也の大学時代からの友人でもあり、今となっては多情な体質ゆえ多数の男が必要だった映を一人で必要以上に満足させている精力もあって、離れられない存在となっている。

そう、映はトラブル体質、フェロモン体質ゆえに様々な人の人生を変え、大きな影響を与えてきた。しかし、ときには何もしなくともトラブルの方からやって来て、不要な騒動に巻き込まれることもある。

今回は多分、今までの中でも最も面倒な厄介事かもしれなかった。

「お兄ちゃんの、お兄ちゃんの子どもだって赤ちゃん抱いた女の人が来てるの！　だからお願い、家に来て！」

二月の寒い日、突然夏川探偵事務所に飛び込んできた妹の美月が、血相を変えてそう叫んだ。

お兄ちゃんとは長兄の拓也のことである。しかし本人には連絡がつかず、もう一人の兄に助けを求めてやって来たものらしい。

もちろん映も雪也も呆然として為す術がない。暇さえあればここに来てダラダラと暇つぶしをしていた拓也にそんな関係の女性がいたことは初耳だし、ましてや子どもなどまるで想定外である。

「映～！　久しぶりにお兄ちゃんが遊びに来たぞ～！」

　そこへ当の本人がやって来たので事態はいやが上にも加速していく。

「あれ？　美月もいたのか。っていうか何？　何かあった？」

「お兄ちゃん……」

　呑気な様子の兄に、目に見えて怒りのゲージがぎゅんぎゅんと上昇していく美月。

「今までどこに行ってたのよ、電話にも出ないで！」

「え、どこって、普通に会社だろ。美月は何してんだよ、バイトがないなら家に帰らないと父さんも母さんも心配するぞ」

「お兄ちゃんがいちばん心配させてんでしょっ!!」

　鬼の形相で怒鳴る妹に、ヒイッと情けない声を上げ、拓也は映にしがみつく。

「映～、怖いよお……何でこいつこんな怒ってんだ」

「いや、自分のせいだろ……ていうかうちの事務所で騒いでねえで早く家戻れよ」

「えー！　何で来たばっかなのに家帰んないといけないんだよお」

「夏川。とにかく美月さんの話を聞けよ。何だかとんでもないことになってるぞ」

　雪也の冷静な言葉にキョトンとした顔で首を傾げる。今頃になって何かただ事ではない気配を察知したのか、少し怯えるような表情で美月を振り向く。

「な、何なんだよ、とんでもないことって。家で何かあったのか、美月」

「大アリよ。ありまくりよ。お兄ちゃん、一体何で今まで隠してたの、子どものこと」

「……子ども？」

あまりに予想外の言葉だったのか、拓也は首を傾げて数秒固まっている。

「いや、何言ってんだ。何の話……」

「だーかーら！　今家にお兄ちゃんの子どもですって赤ちゃん抱いた女の人が来てるの！」

足を踏み鳴らして美月が叫ぶと、しん、と事務所に一瞬静寂が落ちた。

拓也は口を開けたまま呆然としている。やがてふるふると小さく首を横に振った。

「知らない……え、全然知らない」

「はあ〜？　お兄ちゃんが知らなくて誰が知ってんの」

「いや、だから知らないって！　何だよそれ、意味わかんないぞ！」

「そんなのこっちの台詞よ！　お見合い重ねて断り続けて結婚興味ナシなんて言ってたお兄ちゃんにいきなり子連れ女がやって来て、今皆右往左往しまくってるわよ！」

拓也がパニックになり、重ねるように美月がブチ切れる。いつもは閑古鳥の鳴いている事務所が蜂の巣をつついたような騒ぎとなり、あまりのうるささに耐えかねて映が「あー、ちょっと」と口を挟む。

「美月。その人、何ていう名前？　さすがにアニキも名前聞けば思い出すだろ」

「名前……そこまで言わなきゃ思い出さないかなあ」

　美月は腹立たしげにぶつくさ言いながら顎(あご)に指先を当てる。

「確か『ひかわまい』って言ってた。お兄ちゃん、彼女じゃないの？」

「いや……わからん」

「はあ？」

「わかんない……付き合ってる誰かなんていないよ。その子の名前も……わからん」

「じゃあ何、遊びで妊娠させちゃって知らない間に生まれてたってこと？」

「そんなわけあるか！　少なくとも女の子を弄(もてあそ)んだことなんかないぞ！」

「それじゃ酔った勢いでとかは？　覚えてなくても起きたら誰かが隣にいたとかラブホだったとか」

「えーっと……」

　拓也の目が泳ぎまくっている。目は口ほどに物を言う。

　美月は汚物を見るような目で兄をねめつける。

「さいっっってい」

「ま、まあまあ。とにかく、その女性に夏川を会わせてみないことには何も始まりませんよ。問い詰めるのは後にして、まず家に戻った方が……」

　この場で唯一他人である雪也がたしなめると、ヒートアップしかけた美月も少し落ち着きを取り戻す。

「そう……そうですよね。とにかく早く帰らなくちゃ。お母さんもお父さんも動揺しまくって止まったら死ぬマグロみたいに家中歩き回ってるんだから、どうにかしてあげないと可哀想」

「おう、それじゃ頑張れよ」

ようやくうるさい連中が帰ってくれるとホッとした映がエールを送ると、「はあ？」と美月が思い切り片頬を歪めてメンチを切る。

「何言ってんの！　あーちゃんと白松さんも一緒に来るの！」

「えー！　何で俺たちまで……」

「家族の一大事でしょ⁉　一緒にいてよ、こんな頼りないお兄ちゃんじゃ絶対ダメ！　万が一相手が変なヤツだったらこっちだって戦わなくちゃいけないんだから！」

「ええ……マジかよ……」

ここに来て突然のピンチだ。なんと、大学卒業と同時に家を出て以来、初めて帰るという事態になってしまった。しかも、兄の隠し子騒動という意味のわからないことのトバッチリで。

どうやら映に拒否権はないらしく、答えも聞かずに荷物をまとめた美月は拓也の首を引っ掴みさっさと出口に向かう。ぼうっと突っ立っている映に代わって動いたのは雪也だ。

「美月さん、それじゃ、俺が車で送ります。四人の移動だしその方がいい」

「えっ。ありがとうございます、白松さん！　すごく助かります。電車だとお兄ちゃん逃亡の恐れもあるし、タクシーにしようかなって思ってたので……」

「逃げないよ！　逃げてもどうしようもないだろ」

「言っておくけど、今お兄ちゃんの信用ゼロだから」

バッサリと切られてションボリと黙り込む拓也。まるで見えない首輪でもつけられているかのように、美月の視線に突き刺されながら事務所を出て、駐車場までの道のりをゾロゾロと奇妙な緊張感に包まれながら進んでゆく。

こんなに楽しくない里帰りが世の中にあるだろうかというくらいのお通夜っぷりだ。車に乗り込んでも各自無言で空気が重い。

「映さん、何年ぶりですか」

ハンドルを握った雪也が助手席の映にさり気なく問いかける。

さすが番犬だ。とっくに映の心情などお見通しだった。

「んーと……六年くらいじゃねえかなあ」

「親御さん、喜びますよ」

「今、それどころじゃねえだろ」

そう返しつつ、映の心中は兄の子どものことなどよりも、やはり久しぶりに帰る実家のことで占められている。

（今更、どの面下げて帰れっていうんだよ……）

見方を変えれば、こんな状況でもなければ実家に足を踏み入れることはなかっただろう。騒動のどさくさに紛れて深刻な再会になることもなくなるかもしれない。それが救いといえば救いなのか。

けれど、どんなに拓也に請われようが、美月にほだされようが、自分は二度とあの家には戻らないだろうと映は考えていたのだ。一度戻ってしまえば、何か取り返しのつかなくなるような——本当に連れ戻されてしまうのではないだろうかというような、潜在的な恐れを感じていた。

（だけど、よく考えてみれば、そこまでヤバイ感じじゃないよな……もう何年もいなかった次男坊なんてとっくに諦めてるだろうし、一回戻ったってまた出ていっちまいそうな息子なんてアテにできねえし……）

一度美月とまだ両親は諦めていないのではないかと話したこともあるが、冷静に考えてみれば、こんな何も言わずに突然出奔してしまうような不真面目な子どもに大切な仕事の引き継ぎをするはずがない。美月も自分も、少し過大評価していたのではないか。

そんなことを考えていたら、あっという間に成城の夏川家に到着していた。

（風景、ほとんど変わってねえな……）

住宅街なので当たり前かもしれないが、六年前に見ていた景色とほぼ同じような気がする。この辺りには滅多に近寄らないようにしていたので、本当に久しぶりだ。

コンクリートの高い壁に囲まれたその大きな箱のような夏川家の外観を懐かしいと感じる間もなく、美月に尻を叩かれながらヨロヨロと入っていく拓也に続いて、映は六年ぶりに実家に足を踏み入れた。

「ああ、おかえりなさいませ、坊ちゃ……」

拓也の顔を見て、長年ここに勤めている家政婦の寿子が安堵して微笑んだ次の瞬間、映の顔を認めて、目を丸くしてあっと声を上げた。

「あ、あ、映坊ちゃん……」

「……久しぶり。元気だった？　寿子さん」

「げ、元気ですよ！　映坊ちゃんこそ……まあまあ、何てこと」

寿子は映が物心ついた頃から夏川家の家事を取り仕切っている女性だ。歳は五十代半ばだろうか。いつもせっせと動いているのに体形はぽっちゃりとしていて、愛嬌のある笑顔に安心感を覚えていたものだ。

「映坊ちゃんが帰ってくるならたくさんご馳走を作りましたのに！」

「そんなに食べられないよ。もう逃げないから大丈夫、今度食べさせて」

寿子は他の人々の存在も忘れて涙ぐみ、ただ映を穴が空くほどに見つめている。

「まあまあ、坊ちゃん……」

なかなか戻ってこない家政婦を心配したのか、「寿子さん？」と鈴を転がすような声と共に、映の母、麗子が玄関に出てくる。

寿子はハッと我に返り、もつれるように小走りに女主人に近寄った。

「ああ、奥様、ようやく……」

「拓也は帰ったのね？　……、あら？」

まず拓也と美月を認めてほっとした表情が、映と雪也へ移ってキョトンと止まる。

「え……あら？　あらら？」

「……あの、……ただいま」

六年ぶりの母との再会だ。自分とよく似た幼い顔。

もうこれだけ年月が経っていれば老けただろうと予想していたが、まるで変わっていない。少女のようなあどけなさがいつまでもその面に浮かんでいて、外見からはまったくその年齢がわからないのだ。

どこか幼さのある顔立ちと同様にその性格も穏やかでおっとりとしている。生粋のお姫様とはこういう人をいうのだろうと昔から感じていたが、それは中年になっても変わらないようだ。

「まあ……映。あなた、一体どうしたの」

「えっと……うん。すみません、長いこと」

「まあまあ、どうしましょう。驚くことが後から後から……」

久しぶりに会う家出息子と対面しても、麗子は驚き方も困惑ぶりもおっとりとしている。

オロオロして戻ってこない妻にしびれを切らし、今度は父の一馬(かずま)が「どうしたんだ」と玄関にやって来る。

「おい、一体いつまで……、お、あ？　ああっ！　映⁉」

「ちょっと！　皆いい加減にしてよっ！」

一人一人やって来ては各々(おのおの)驚いて思考停止してしまうのに、美月がとうとうキレる。

「今はあーちゃんどころじゃないでしょ！　あの女の人、まだそこにいるんでしょ⁉」

「あ、そうそう、そうなのよ」

「し、しかしだな……」

「ゴチャゴチャ言わない！　感動の再会は後にして！」

玄関で溜(た)まっている面々を押しのけ、美月は拓也を引きずってズカズカと家へ上がり込む。慌ててそれを追いながら、雪也が「俺には皆さん気づいてないような感じなんですけど、このままお邪魔して大丈夫なんでしょうか」と心細げに訊(たず)ねるので、「大丈夫、その

うち紹介するし多分それどころじゃなくなるから」と小声で囁き返す。

確かに雪也の存在を訊ねる者は誰もおらず、六年ぶりに戻ってきた映に驚き慌てるばかりで、まるで透明人間にでもなったような心地だっただろう。

広間に入ると、そこにはただ一人ソファに座って悠然と紅茶を飲んでいる女性がいた。腕にはスヤスヤと眠る赤子を抱いている。これだけ周りが騒がしいというのに、随分と鈍感なタイプの赤ん坊のようである。

女は肩幅が広く肉置きの豊かな体つきで、子どもを抱く腕も太く逞しい。それに相反するように顔立ちは柔和で優しく、下がり眉に大きな二重の垂れ目と小さな口、鼻は立派だがいかつい印象はなく、丁度竹久夢二の美人画のような顔をしている。肩までのベージュの髪は緩くカールしており、化粧はナチュラルな色合いで薄く自然だ。

歳は三十半ばかそれ以上に思えるが、このタイプは少し年上に見られることも多いので、もっと若いかもしれない。

ざっと外見を観察しつつ、映がいちばん気になったのはその余裕のある態度だった。あなたの子どもですと赤子を抱えてやって来た割には何も切羽詰まっていないというか、感情の見えにくい、どこか鈍重な印象も受ける。

「ほら、お兄ちゃん！」

「えっ？　え、あ……」

美月が肘で兄をどつくと、拓也はよろめきながら困惑の眼差しで女性を見つめる。しかしその表情はやはり知人に対するものではない。

「お久しぶりです、夏川さん」

女が初めて映たちの前で口を開いた。太い喉から出ているとは思えないほど可憐な声だ。声質は高いが、口調は落ち着いている。

「い、いやあ、あの……、俺は、多分あなたに会ったことがない、かと……」

おどおどとしている割にはハッキリと否定する。

すると女は拓也を凝視し、悲しむでも微笑むでもなくまるで顔色を変えない。

「私です。氷川麻衣。会ったこと、もちろんありますよ」

「え、いや……勘違いじゃないですか」

「覚えていないんですね。……仕方ないかな」

氷川麻衣はため息をつき、頬にかかる髪を耳にかけた。

やや落胆はしたようだが、怒りは感じられない。仕方ないという言葉から、最初から想定していたようにも見える。

「私もご家族の前で詳しく事情を説明するのは気が引けるんですけれど、覚えていないのなら話さなくちゃいけませんね」

「はい、ぜひ詳しく教えていただきたいです」

モゴモゴしている兄を押しのけて、美月が鼻息荒く答える。

「突然家に乗り込まれてここの子どもだと言われても、私たちだってびっくりします。きちんと経緯を話してください」

「ええ、わかりました」

麻衣は静かに頷(うなず)いた。右往左往するばかりの面々はようやく銘々着席し、麻衣の話を恐恐と聞く姿勢になる。

「夏川さんとお会いしたのは一昨年の十月です。合コンで知り合って、夏川さんはひどく酔ってしまって、それを介抱しているうちに関係を持ちました」

映はさり気なく横目で両親を見やるが、二人とも立て続けに様々な衝撃を食らったせいか、あまり動揺することもなく、どちらかというと呆然としていて聞いているのかどうかわからない。

「妊娠に気づいたのは随分後になってからです。私、こんな体形ですし、妊娠でお腹(なか)も膨らみにくいタイプだったみたいで、気づいたときには堕(お)ろせなくなっていました。普段から生理不順で、まさか一度そういうことがあったからって、できたなんて思っていなくて」

「あの、それじゃ、兄に会ったのはその合コンの一度きりだったんですか」

美月がさすがに喧嘩腰(けんかごし)を収めながら訊ねると、麻衣はじっと美月を見た後、ゆっくりと頷く。

「何だか気まずくて、私からは。正直、お詫びのメッセージでもあるかと思ったんですけれど、夏川さんは本当にそれきりでした」

　家族の冷たい視線が拓也に降り注ぐ。拓也は否定したいのか口をモゴモゴとさせていたが、結局何も言えずにしょんぼりと俯く。

「でも、妊娠に気づいて、もう堕ろせなくなっているんだったら、さすがに連絡しませんか。連絡先はご存じだったんでしょ？」

「あの、個人的には知りません。そのときは交換しなかったんです。ただ共通の知人を介せば知ることは可能でした。でも、連絡してどうなりますか？　もう堕ろせませんし、産むのは私です。生まれた子をどうするのか、誰が育てるのか、養育費はどうするのかの問題ですか？　正直、私もそのときは自分のことで精一杯で、頭が回らなかったんです。仕事も忙しかったですし……。もちろん迷ってはいましたけど、妊娠に気づいたのがかなり遅かったので、そうこうする間に臨月になって生まれてしまって。バタバタしていたら、この子はもう六ヵ月になっていました」

　そうこうする間に、が長過ぎじゃね？　と映は思ったが、自分は男であり、女性のデリケートな心の動きや、妊娠した本人の辛さなどはわからない。正直、こういう話の中に男が口を出すことはかなり困難だ。

「それじゃ、今回ようやくここへいらしたということは、兄へ直接連絡をとっても無駄だと判断したからですか？　認めないだろうし、いっそのこと実家に来て親に認めてもらおうと？」

「ええ、まあ、そんなところです。さすがにこれから先どうしようかと考えたとき、色々な問題も出てくると思いますし」

それは当然金の工面などのこともあるだろう。合コンで一度会った程度でこちらの家がどういう家柄か知っていたかはわからないが、もしも実家がかなりの資産家であり世間的に名の知れた名家であると気づいたら、かなりの金額を吹っかけてくる可能性もある。

それは美月も同じことを考えたようで、真剣な顔つきで麻衣と赤ん坊を見比べている。

「ご事情はわかりました。けど、あの、失礼ですけど……その子が本当に兄の子なのか、確かめさせていただくことはできますよね」

「え？　どういうことですか」

「だから、ＤＮＡ鑑定です。兄と血縁関係があるかどうかの」

そう告げると、麻衣はふしぎそうな顔で拓也に視線を移す。

「だって、私には夏川さんとしか心当たりがないんです。それに、そんなことをしなくても、実際にこの子を抱いてもらえばわかります」

「え。実際に、って」

麻衣は突然立ち上がり、向かい側に座っていた拓也の腕に、急に赤ん坊を押しつけた。

「え⁉　ち、ちょっと」

「この子六ヵ月です。もう首もすわってますから、そんなに怖がらなくていいですよ」

赤ん坊を抱いたことのない拓也は目を白黒させて必死で赤ん坊を抱え込む。

麻衣の唐突な行動に皆息を呑んだが、当の赤子は相変わらずよく眠っている。

「どうですか。わかりませんか。あなたの子だって」

「え……えっと……あんまり……」

「やっぱり、自覚がないみたいですね」

やれやれ、とでも言いたげに麻衣は肩をすくめる。

「責任はとってもらいますから。きちんとその子があなたの子であると認識をしてください。私、そのために連れてきたんです」

「ねえ、一体何を言ってるの。兄との血縁関係があるかどうか、調べさせてって言ってるのに」

「その子の名前は令人です。令和の令に人」

麻衣は美月の言葉をまったく無視して捲し立てる。

「オムツはこれです。着替えもここに。一日一食は離乳食です。一度寝るとこの通り静かなんですけど、起きちゃうと結構大変ですよ。私でも寝かしつけるのは本当に苦労してますから」

「え、ちょっと、何でそんな詳しく説明してるわけ」

「もちろん世話のためですよ。私これから仕事で忙しくなるんです。どうしても外せないことなので。親も今海外ですし、お願いしますね」

「あ、あらやだ、待って、どういうことですか」

ようやく我に返ったのか、麗子が慌てて立ち上がる。

しかし麻衣はそちらへは目もくれず、荷物をまとめて広間を横切っていく。

「すぐに迎えに来ますから。きちんと世話をお願いしますね」

「ちょっと！　待ちなさいよ、ねえ氷川さんっ」

美月も必死の形相で立ち上がって後を追いかけるが、体格のいい麻衣に振り払われて引き止めることができない。麗子も「あら、あらら」と言いながら小走りに後を追いかける。

肝心の男性陣はただこの恐ろしく急な展開に唖然とするばかりで、拓也は腕の中の赤ん坊を起こさないようにと凍りついたように硬直している。

「ど、どうしよう。これ、どうすればいい？　なあ、映ぁ」

「知らねえよ。俺だって赤ん坊抱っこしたことないし。父さん、経験者だろ」

「わ、私だってもう何年も前だ、忘れてしまったよ」

「夏川。とりあえず起こさないように静かにしてろ。起きると面倒だってあの人が言ってただろう」

雪也の言葉にハッとしたように「そ、そうだな」と小声になる拓也。

それにしても、赤ん坊を置いていかれるとはあまりにも予想外の事態である。この赤ん坊が本当に拓也の子なのかそうでないのかは別として、あの氷川麻衣という女は相当の曲者だ。

「なあ、アニキ。本当にあの人のこと覚えてねえの？」

「……覚えてない。でも、会ったことはあるような気がする……」

「あんな強烈な女、普通忘れないだろう。外見もなかなか特徴のある方だと思うが……」

拓也は赤子を気にしながら、雪也の問いかけに首を傾げて考えている。

「実は……会社の同僚に合コン好きなヤツがいてさ。相当な回数付き合わされてて……特に興味もないから、そこで会った女の子たちっていちいち覚えてないんだ」

「その、酔っ払って介抱云々というのはどうなんだ」

一馬は腕組みをし重々しくため息を落とす。

「お前、もう三十半ばだっていうのに、一体何をやってるんだ。酔い潰れて、どうせ記憶がないんだろう」

「……うん、反省する……そこは何も言えない……」

素直に落ち込む拓也につられて皆がどんよりと暗い雰囲気になったとき、玄関がバタバタと騒がしくなり、麻衣を追いかけていった美月と麗子が戻ってきた。

「もう、何なの！　本当信じられない！」

「はあ……お母さん久しぶりに走ったわ。はしたないことしちゃった」

顔を赤くしてプリプリと怒る妹と、疲れ切った様子の母。その様子では氷川麻衣は捕まえられずに逃げ切られてしまったのだろう。

「どうだったんだ、あの人」

「どうもこうも、通りに出てすぐにタクシー拾って逃走よ。お財布持って出てこなかったし、追いかけられなかった。悔しい！」

美月は地団駄を踏んで悔しがり、そしてキッと拓也を睨みつける。

「ねえ、何なの、あの人。お兄ちゃん、本当に覚えてないっていうの」

「本当だって。今も話してたんだけど……」

そのとき、美月の剣幕で深い眠りから覚めてしまったのか、赤ん坊がぐずり始める。

たちまち拓也は動揺し、えぐえぐ泣いている赤子を抱いてまるで時限爆弾でも抱きしめているかのように真っ青になっている。

「あ、ヤ、ヤバイ。泣いてる泣いてる。どうすればいいんだ」

「オムツが汚れた？　お腹空いたのかな」

「ちょっと見せて」

やはりここは母の出番だ。麗子が拓也から赤ん坊を受け取り、オムツを確認する。

「臭いはしないわね。まだ大丈夫だと思う。やっぱりミルクかしらね」

「あの人、あそこに色々置いていったじゃない」

ソファに置かれた大きなバッグを探ってみると、確かにベビー用品が色々と入っている。元々置いていくつもりだったのだろうが、かなり用意周到だ。

「なんか離乳食がどうのこうの言ってたけど……」

「六ヵ月じゃまだほとんどミルクだと思うわよ。あの方も一日一食と言ってたでしょ」

麗子は呆けているように見えた割には、きちんと話を聞いていたらしい。昔からおっとりしているように見えて、なかなかしっかり者の母である。

当然、現在母乳が出る人間はこの場にいないので、麗子が率先してキッチンで赤ん坊のミルクを作り始める。しかし相当昔のことなのでスムーズにはいかない。

家政婦の寿子も含め皆であーでもないこうでもないと、慣れない赤子の世話にてんやわんやである。拓也もずっと抱きながらあやしているが、やはり空腹のためか一度泣き出してから長いこと大きな声が家中に鳴り響いている。

「あああっ、もうどうすればいいんだ！」

「お兄ちゃん、ミルクできた！　これ飲ませてみて」

哺乳瓶(ほにゅうびん)を受け取り、恐恐と赤ん坊の口に入れてみる拓也。

しかしまったく飲まない。顔を真っ赤にしてギャアギャアと泣き続ける。

「ああもう、ちょっと貸して！」

上手(うま)くできない拓也から赤ん坊を抱き取り、今度は美月がミルクを飲ませようとする。

しかし、やはり同じくミルクも飲まず泣き止(なや)みもしない。

麗子や寿子も抱いたりあやしたりしてみるが、赤子にはまったく効き目がなく、暴君のごとく荒れ狂い大人たちを右往左往させている。

「ど、どうしよう。具合が悪いんじゃ……」

「でもあの人も言ってたじゃない。起きたら大変だって」

「だけど、こんなに泣き止まないの、何かあるんじゃないか」

突然見知らぬ女に赤ん坊を置いていかれて、しかも大音量で泣き続けまるで治まらず、皆不安に色をなくしている。

「ちょっとスマホで調べてみる。あーちゃん、少し抱っこしてて」

「え、俺かよ……」

女性陣があやしてもだめなのだから、自分だって無理だ。しかし調べ物をしたいらしい美月に押しつけられ、仕方なく映は兄の子かどうかわからない赤ん坊を抱き受ける。

（うわ、あったか……柔らか……）

恐らく初めて抱く赤ん坊の頼りない感触に、映は何とも言えない気持ちになった。この小さな命は、間違いなく誰かに助けてもらわなくては生きていけない。生まれ落ちてすぐに自分の脚で立つ動物たちとはまるで違う、あまりにか弱い存在だ。

「しかしよく泣くよなあ、お前……。名前、令人だっけ」

「そう言ってましたね、確か。今の時期多い名前なんじゃないですか」

「だよなあ。クラス中似たような名前ばっかになりそう」

新しい時代の名前を授けられた赤ん坊。宝物のような存在のはずなのに、母親に置いていかれて、そりゃ寂しくて泣きもするだろう。

その温かな体温に、精一杯生き抜こうとする生命の力強さを感じて、映は切なくなる。

顔つきを観察すると、やはり男の子なだけに母親似のようだ。くっきりした幅広の二重の垂れ目、小さな口。赤ん坊なので鼻はまだちょんと摘まんだ程度だが、母親と同じになるとすれば、体格もよくなかなかのイケメンになりそうである。

そしてそこに兄の特徴を探してみようとするが、よくわからない。まだ生まれて半年しか経っていないのだし顔貌（がんぼう）がはっきりするまでは時間がかかるだろう。それに、子どもの顔は年々変わっていくものだ。今拓也の顔と似ていなかったとしても、それが父親でない確かな証拠になるわけではなかった。

「……ねえ。泣き止んでない？」

ふと、美月が呟く。

はたと気づけば、あれだけ泣きわめいていた令人は、キョトンとした顔をして大人しく真っ黒な目で映を見上げている。

「あら？　本当ね。あらあら、映、あなた何をしたの」

「え、いや、普通に抱っこしてただけだけど……」

「まだミルクも飲ませていませんよね」

「映、飲ませてみろよ。お前がやれば上手くいくかも」

なぜ自分がそんなことを……と思いつつ、試しに哺乳瓶を咥えさせてみる。

すると、令人は素直に口に含み、ちゅ、ちゅと音を鳴らして少しずつ飲み始めた。

「ええ……何で……」

「あーちゃん、すごーい！　子育ての才能あるんじゃないの？」

「いや、皆に抱っこされまくって、さすがに疲れたんだろ……」

自分に子育ての才能があるなどと思ったことはない。子どもが好きなわけでもないし、もちろん男なので母性本能らしきものもない。

赤ん坊は可愛いし、この令人の境遇を思えばあまりに気の毒とは思うが、こんなことで無駄に才覚を発揮してしまうのも何やら複雑である。

令人はたっぷりとミルクを飲んで満足し、軽く背中を叩いてやれば幸福そうにゲップを

して、再び微睡み始める。

　これなら大丈夫と他の誰かに引き渡そうとすると、途端に泣き始める兆候が顔面に表れ、慌ててまた映が抱き直すというわかりやすさ。

「この子、本当にあーちゃん好きね……」

「わかる、わかるぞお、令人くん！」

　半ば呆れ顔の美月に、赤ん坊に強く同意する拓也。両親はどういう感情からかわからないが、優しく微笑して令人を抱く映を見つめている。

（何なんだ、この状況は……）

　さすがにこんな事態は初めて経験する。別に子どもに特に好かれるわけでもないし、動物だって同じことだ。自分はこの子の父親でもないのに、なぜこうまで懐かれるのか。

　はたと気づけば、雪也が妙にうっとりとした顔で映を凝視している。何を考えているのか想像もつかないがしたくもない。

「困ったなあ。とりあえずベビーベッドとか必要じゃねえの……俺、ずっと抱いてるわけにいかねえぞ」

「ああ、そうよねえ。でも、うちには確かもうないわよね……近くですぐに買ってこなくっちゃね」

「しかし、あの女性はいつまでここにこの子を預けておくつもりなんだ。何も詳しいことは言わなかったじゃないか」

　一馬の指摘に、ふと、麻衣はもうここへは戻ってこないのではという一抹の不安が胸をよぎる。同じことを考えたのか、雪也が口を開く。

「まず、警察じゃないですか。あんな身元のわからない女性に赤ん坊を預けられて、もし何かあったら大変ですよ」

「そうだな、それはそうなんだが……」

　はたと雪也の顔を見て、一馬はしきりに瞬きをする。

「あの、すまないが……君はどちら様だったかな」

「あらあら。私ったら、そういえばお客様に何のご挨拶もしていなくて」

　ここにきてようやく両親が雪也の存在に気づいた。

　映が六年ぶりに突然帰宅したこともあり、あまりに慌ただしかったので当然かもしれないが、我が親ながらなかなかの天然だ。こんな威圧感のある大男の存在をスルーできていたのだから、大物というべきかもしれない。

「ええと、この人、俺の探偵事務所の手伝いしてもらってるんだ。さっき美月が事務所に駆け込んできたときも一緒にいて、ここまでも車で送ってくれた」

　映が雪也を紹介すると、拓也も口を挟む。

「それと、俺の大学の同期でもあるんだ。当時から自分の会社作って普通に儲けてたすごい奴なんだよ。美月も前から知ってるよな」

「うん。あーちゃんがすごくお世話になってる人よ。お父さんたち、ちゃんとお礼言ってよね」

子どもたちから口々に好意的な紹介を受け、一馬たちもにわかに安堵の表情を浮かべる。

雪也はよそゆきの上品な顔になり、穏やかに微笑して頭を下げる。

「すみません、申し遅れました。私は白松龍一という者です。映さんの事務所のお手伝いをさせていただいています」

「あ、これはこれは。私は映の父です。こちらは妻です」

「まあ、どうもお世話になっております。映には立派な方が一緒にいてくださっているのねえ。安心しましたわ」

雪也と両親が互いにぺこぺこと頭を下げ合うというなかなか奇妙な光景だ。

ふいに、もしも目の前の男が自分と関係を持っていると知ったら、どんな反応をされるだろうか、などと考える。帰宅して早々に出ていけと言われるのか。それとも知っていたと諦めた顔をされるのか。もしくは、兄のようによくわからない女との間に子どもを作られるよりはマシかと思うか、またはその逆か。

(知られたくなくて、縁切るつもりでここ出たのに、その証拠そのものの男連れて戻って

きてんだもんな……ほんと、意味わかんねえな)

ここまでシュールな状況だとむしろ笑えてくる。ひとしきり社交辞令を交わし合う三人を眺めつつ、映は腕の中で規則正しい寝息を立てる令人を静かに揺らす。

「あのさ。一応今は、この雪……、龍一さんのとこに一緒に住まわせてもらってるから」

「あら？　そうだったの。ルームシェアしてるのね」

ルームシェアという、男二人が一緒に住んでいれば当たり前に出てくる言葉に、果てしない違和感を覚えつつ頷く。

「うん、そう。えっと、アニキから少しは聞いてる？」

「詳しいことは知らないわ。でも、あなたの探偵の腕は確かだってことだし、まあ三池先生も見てくださってるから、理解はしていたつもりよ」

「いやしかし、いきなり帰ってくるとはなあ……」

しみじみと父に呟かれ、思わず顔が熱くなる。自分だって、いきなり帰る羽目になるとは思っていなかった。

「何の前触れもなかったからびっくりしたぞ」

「美月は俺のところに行くって言わなかったの」

「ただ拓也を捜してくると言って飛び出したんだ。お前のところに行くとは思わなかった」

「時々事務所に来てたのは知ってる?」

「まあ、そうだな。拓也が行ってるんだから美月も行っているだろうとは思った。兄妹揃ってお前が大好きだからな」

美月と拓也をまとめて「大好き」としてもいいのだろうか。父親には拓也の常軌を逸した愛し方が普通の「大好き」の範疇なのだろうか。

「今日は美月に無理矢理連れてこられたのか」

「まあ、そんなところ」

「あら、そうなのねえ。ありがとう、美月」

「ちょっと! お礼なんてやめてよ」

話を振られた美月が慌ててかぶりを振る。

「まるで私が計画的に連れてきたみたいじゃない。必死で助けを呼んだだけなのに!」

「ん? 違うのか。美月ならやりそうだと思ったんだが」

あっはっはと笑う父親に、にこにこと上機嫌に微笑む母親。

そのときふいに、映の中でも疑惑が頭をもたげる。

(まさかこれ……マジで計画通りだった?)

あまりに混乱した状況で言われるままに実家にまで来てしまったが、もしかするとまんまとしてやられたのかもしれない。

けれど、そう考えるにはあまりにも大掛かり過ぎるし、何よりこの兄当人が映を騙せるような演技ができるはずもない。あの氷川麻衣という女にしろこの赤ん坊にしろ、計画の小道具としてはいささか突飛だ。

考え始めると何もかもが疑わしく思えてきてきりがない。映と令人をぼんやりと眺めていた拓也が、おもむろに申し訳なさそうに口を開く。

「なあ映……、しばらくこの家にいてくれよ」

「え？　いや、何で」

「だってお前じゃないと、その子扱えなそうだし」

ぽかんとしていると美月がそうだそうだと追従する。

「そうよ。だってあの氷川麻衣って人もいつ戻ってくるかわからないんだし、赤ちゃんと一緒にここにいてもらわなきゃ。ね、いいでしょ」

「いや、あのさあ……っていうか、さっきの話は、雪……龍一さんが言ってたじゃん。まず警察に言うべきだって。俺もそう思うぞ。そんな犬や猫じゃないんだからさ、もし何か起きたらどうするんだよ」

とてもまともなことを言ったつもりが、ふいに皆しんと静まり返る。

一馬と麗子は戸惑ったように顔を見合わせ、複雑そうな視線を交わしている。

「しかし……」

「ねえ、そうよねえ……」

「え、何、何でそんな歯切れ悪いの」

「まあね。もし本当にお兄ちゃんの子どもだったら、結構な恥さらしになっちゃうしね」

あー、と雪也と二人で間抜けな声を出す。

確かに、これは夏川家の恥である。次男が出奔したのもかなりの恥ではあるが、これはさらなる泥を我が家に塗らんとして考えた結果なので、やはり映も家名を重んじていることには変わりないのだ。

「DNA鑑定もしたいけど、とりあえずはあの氷川さんの了解も得たいしねえ」

「とりあえず現状維持というか、様子見……という段階にはなるな」

「じゃあ結局、しばらく子育てかよ……」

そして現在この赤子を扱えるのは映のみということになり、家族の頼みは聞かざるを得ない。無慈悲に赤子を置いて逃げ帰れるほど非情にもなれない。

「まさか帰れなくなるなんて思ってなかったぞ……」

「ごめん、あーちゃん。私もあの人が子ども置いてくとまでは思わなかった」

「別に美月が謝ることないけどさあ」

じろりと横目で呑気な顔をしている拓也を見やり、映は重いため息をつく。

「アニキさ……アニキがあの人が誰だか思い出せば話は早いんだけど」

「う……、ごめん。今も考えてるところだから……」

「本当、興味ないことには一切目もくれないの、やめて欲しいよね」

その通りだ。極端過ぎる。拓也の視界に何が映っていて世界がどんな風に見えているのかは真剣に気になるところである。

＊＊＊

そして、結局映は六年ぶりに戻った夏川家でしばらく暮らすこととなった。

以前自室として使っていた二階の部屋を与えられ、そこで令人と一緒に寝起きすることになったのだ。

広間にベビーベッドを置いてもよかったが、そうすると映のプライベートな空間がなくなる。令人は映から離れると泣き出してしまうので、こうするしか方法がなかった。

雪也と拓也が急いで最寄りの店でベビーベッドを買ってきて映の部屋に設置し、ようやく映は令人をそこに横たえ、一息ついた。

「あーあ。とんでもねえことになっちまった」

「なかなかの展開ですね。トラブル体質というか……今回は夏川が原因なんで、完全にトバッチリですがね」

今夜はひとまず雪也もここに泊まることになった。映のベッドの横にベビーベッド、それを挟んで雪也の布団が敷かれている。連日の宿泊はさすがにおかしいので、明日からは通いになる。

映が赤ん坊の側を離れられないので、事務所にも通えなくなり、雪也の方からここへ出向くという日々が続きそうだ。相変わらず閑古鳥が鳴きまくっているのでそもそも毎日雪也がここへ来る必要はないが、もちろんそれは番犬の沽券に関わるので必ず日参するだろう。

やかましい兄たちからひととき離れ、自室に雪也といるとホッとする。やはり家族とはいえ、ずっと離れていれば他人行儀になるものだ。無意識のうちに緊張していたのだろう。

「しかし……さすがですね、映さん」

「何がだよ」

「女性陣を差し置いて、この子を泣き止ませたのは映さんだけじゃないですか」

そこは自分でもふしぎである。しかしあまり認めたくない事実だ。今まで自分の中に母性もしくは父性らしきものなど一度も感じたことがない。

「こんなの、絶対たまたまだぞ。赤ん坊あやすスキルなんて、俺持ってないし」

「違いますよ。赤ん坊じゃなくて、男」

「……は？」

「その子が男の子だから、映さんに懐いたんですよ。俺にはわかります」

　雪也のトンデモ理論に唖然とする。

　つまり、令人の性別が男性なので、映の対男用に特化したフェロモンに影響されたとでもいうのだろうか。

「いや……さすがに、そりゃないだろうよ……」

「あるでしょう。たとえ生まれてまだ半年といっても、やはりオスですよ。それに赤ん坊なだけにまだヒトというよりも動物に近い。それだけ本能で映さんのフェロモンを感じ取ったということです」

「いや、ないから。絶対ない。あったらあったでさすがに怖いわ」

　真剣な顔で滔々と語る雪也には苦笑いしか出ない。万が一映の特殊体質を察知して従順になったのだとしても、それはまだ『オスの本能』と呼べるようなものではないだろう。そもそもある程度の年齢までは性が未分化で体にも性徴は表れないのだし、もしもそんな幼い存在にまで自分のフェロモンが通用してしまうのだとしたら、心底自分が恐ろしい。

　スヤスヤと静かに寝息を立てる令人の顔を眺めながら、映は何やら胸が温かくなるのを覚えた。

　もしもこの子が拓也の子どもならば、自分の立場としては叔父である。子どもを持つことなど考えたこともないし永遠にその可能性はないだろうが、自分と血の繋がった新しい命が芽生えたということに形容できない感動のようなものを感じた。

「ってかさ……雪也、正直なところ、どう思う」

「どうって、何がですか」

「この赤ん坊。本当にアニキの子どもかなあ」

ああ、と雪也は頷き、考えもせずに答えた。

「十中八九、違うでしょうね」

「え？」

「俺はそう思いますよ。夏川自身もほとんどそう確信はしているでしょうが、何にせよ酔っ払うと記憶をなくしますから、断言はできないんでしょうが」

あまりにもハッキリとした言葉に、映は目を丸くする。

「え、それじゃ、何で雪也は十中八九違うとか言えるわけ？　何か理由があんの」

「ありますよ。学生時代に何度も酔っ払った夏川を介抱してますからね。あいつ、酔い潰れるとすぐに寝るんですよ。ぐっすりと。そんな状態で、女妊娠させられますか？」

唖然とした。映は雪也の真意を測りかね、思わずその顔を凝視する。

「え……いや……マジで？」

「マジです。少なくとも、俺とよく飲んでいた頃はそうでした」

「いやいや、それじゃ、何でそれをあの女がいるときに言ってくれないんだよ。それか家族の前で」

そうすれば、それは強力なひとつの証拠になったはずだった。それに、あれほど拓也が皆に白い目で見られることもなかっただろう。本人が強く否定できなかったことで、これは心当たりがあるのだと思われてしまったのだから。

雪也は小さく笑って頬を搔く。

「いや、言おうかとは思いました。けど、思い出してくださいよ。あのとき、俺は自分が誰なのかもご両親に説明していなかったし、立場的には完全に部外者でした。あのデリケートな話をしている場で、どこの誰かもわからない男がいきなり口を挟むのは、ちょっとおかしいかなと思ったんですよ」

「いや、それにしたってさ……もう少しアニキのこと庇ってやってもよかったんじゃねえの？　俺たちはアニキが酔っ払ったらどうなるとかわかんなかったしさ。唯一雪也だけが知ってたわけだろ」

「それはそうなんですが、まあ学生時代の話ですから。まさか、社会人になっても同じように無防備に酔い潰れているとは思わなかったんですよ。あいつ、アルコールそんなに強くないくせに、後引き上戸で酔い始めるとどんどん飲むんで……たとえ女にお持ち帰りされたとしても、爆睡しちゃって何もできないでしょうね。覚えてないということはつまりそういうことなんだと思います」

映は思わずその場に崩れ落ちたくなった。兄の子でないならば、自分がここに残って面倒を見なければならない理由など一切ない。

しかし、雪也の言う通り、学生の頃とは違って、もしかすると拓也の酔い方が変わった可能性もある。体質も飲み方も変わることはあるのだから昔と完全に同じということもないだろう。そうなると、この赤ん坊が兄の実子であることも完全に否定はできなかった。

「あーあ。やっぱ、結局はＤＮＡ鑑定しかねえのかあ」

「何だか映さん、ちょっと残念そうですね」

「え、そう？　まあ、ハッキリしないのは嫌だけど」

「というより、何となく、この子が夏川の実の息子であって欲しいような感じがします」

意表を突かれて、映は思わず息を呑んだ。

それは自分自身ですら感じていなかった映の本心だったかもしれない。あまりに急な展開に心がついていけずに混乱していながらも、胸の奥では、この赤ん坊の存在を半ば歓迎している自分がいたことに、今、雪也の言葉で気づかされた。

「雪也は、やっぱすげえなあ」

「え、どうしたんです、いきなり」

「だってさ……そんなことまでわかっちゃうだなんてさ」

なぜ拓也の子であって欲しいと願うのか。

それは、自分が子を生すことが将来に亘ってあり得ないだろうと考えているからだ。

「なんかさ……俺がこいつ抱っこしてるとき、親がさ、妙に嬉しそうな顔で見てるのわかって、相当罪悪感覚えたんだよな、実は」

「……そうなんですか」

「俺、婚約者もいたじゃん。本来なら、とっくに結婚してたかもしれない。子どもの一人くらいは、もしかしたら生まれてたかもしれねえ。親はそういうこと考えたんだろうなあって思ったら、何かさ……」

「映さん……」

自分でもどうしようもないことだ。そりゃ現代の科学では子どもを作るくらい可能なのかもしれないが、そこに至るまでの過程で相手の女性にかなりの負担がかかるし、何よりも愛されていないと自覚し続けるのは辛いことだろう。

だからこそ、映は幼い頃から婚約者と決まっていた宮野瞳と自分の友人をあえて恋愛させたのだ。二人が互いを気にしていると気づいた後の行動は早かった。

(俺は俺のせいで誰も不幸になって欲しくない……本当は誰にも影響だって与えたくないんだ。一瞬関わるだけで終わる存在でいい……)

けれどそれは年々勢いを増すトラブル体質及びフェロモン体質のために薄い望みであ

る。何より今目の前にいる男には影響を与えまくり、ついには宗旨変えまでさせてしまった。

「映さん、子ども、欲しいんですか」

「え？　いや……全然」

「でも、この子を抱いてるときの映さん、まるで聖母みたいな顔してましたよ」

「聖母」

思わずオウム返しにする。まず母ではないし聖人でもないしそれ以前に女ですらない。

「あんた、うちに来てアニキの病気が伝染った？」

「違いますよ。感じたままを言っただけです。本当に慈愛に満ちた優しい顔で赤ん坊を見ていましたよ」

「いや、そりゃ、なあ。赤ちゃん見るのに、鬼のような顔するわけねえし」

「俺は思いましたよ。映さんは元々情が深い人なんだって……あなたにはきっと無限の母性があるんです。どんな相手でも受け入れ包み込んでしまう……だから男を引き寄せるんですよ」

「無限の母性」

引き続きオウム返しにしてしまう。やはり言葉のチョイスが妙に拓也気味だ。雪也にもあのセンスが伝染するとは、一体この家には何が潜んでいるのだろうか。

「よくわかんねえけど、俺は別に子ども欲しくねえし育てたいとも思ってねえよ。もちろん可愛いとは思うけどさ……何かの間違いで自分の子どもができれば普通に可愛がって育てると思うけど、そんな未来絶対あり得ねえし想像するだけ無駄だけどな」

「そんなのわかりませんよ。何があるかわからないのが人生です」

「や、そりゃそうだけど、これぱっかりはさ」

「あれだけ愛に満ちた母の顔をしていたんですから、頑張れば母乳だって出てくるかもしれませんよ」

「おいそろそろ病院行くか」

「産婦人科ですか」

「頭の方だよ！」

何が何でも映を母にしたい雪也の執拗さにゾッとする。目が真剣なのが普通に怖い。

「映さん、頑張ってみましょう。母乳いけますよ」

「いや、頑張らなくてもわかる。まったくいけない」

「やってみないとわかりません。改革の精神を持ちましょう」

「おいマジでやめろ。怖いから……」

雪也は映を抱きかかえ、衣紋から手を突っ込んで胸元を探る。まさか本当に母乳チャレンジでもするつもりなのか。

「男性でも母乳は出るんだそうですよ。男も乳腺はありますからね。ただ母乳を作るホルモンが出るか出ないかなんで、男の場合何らかの異常か薬の副作用らしいんですが、映さんなら自前でいけます」

「いやいや何言ってんの自前とか。無理だって……目ェ覚ませ。いじったって出ないって！　今までのでわかってんだろ！」

「今までとは違いますよ。なぜなら目の前に赤ん坊がいますし映さんの母性は全開のはずですから」

「全開じゃねえし母性もねえ！」

言葉が通じない。雪也は本気で映に母乳を出させようとして胸をいじくり回している。女にするように胸全体を揉んでみたり、乳輪から絞るように摘まんでみたり、明らかに普通のセックスのときの愛撫とは違って、乳腺を刺激しようとしている動きが不気味である。何かを絞り出そうとする意図が感じられて普通に痛い。

「やだって！　雪也、ふざけんなよ。絶対出ないから。痛いだけだってば」

「痛いですか？　じゃあ吸ってみましょうか」

「おい、マジで……」

ムードもクソもなく着物を剝かれて乳首に吸い付かれる。やはり感じさせる吸い方ではなく、カップの底に残ったタピオカを吸い尽くさんとするが如き吸引力だ。

敏感な場所なのでもちろん刺激は感じるものの、こうも明確に何かを吸い上げようとする強さだと乳牛の気分にしかならない。

「おかしいなあ、なかなか出ませんね」

「当たり前だろ！　出ねえってずっと言ってんだろうが！」

「吸われてると出そうになりませんか？　映さん我慢してません？」

「してねえし。つか、吸ってんの雪也じゃん。赤ん坊じゃねえだろ」

「そうですか……じゃあ令人をちょっと起こして」

「やめろ!!　虐待だろ!!」

大声を出してしまい、ハッとして口を押さえるものの、令人は健やかに眠っている。この赤子は一度寝付くと本当に図太いほどに起きない。

ようやく母乳チャレンジを諦めたのか、やれやれとでも言いたげに雪也はため息をつく。

「まあ、いいんですけどね……母乳が出ても出なくても、映さんの乳首は美味しいんで」

「食うなよ」

「食べませんけど、できるなら食べちゃいたいですよ。胸だけじゃなくて全身。肌も肉も骨も何もかも」

小さく笑って、本当に食いつくような深いキスをする。

そのままベッドに優しく押し倒されて、分厚い体にのしかかられ、下腹部に押し付けられた熱を感じて、映はにわかに慌てた。

「なあ、まさかする気……？　ここ、実家なんだけど……」

「映さんが声出さないようにすれば平気ですよ」

「そ、そんなの……」

無理だ。どうしたって声は出る。あんなものを突っ込まれて無言でいろという方がおかしい。

しかし雪也は映の焦りなど知らぬ存ぜぬという顔で甘く耳を食む。熱い吐息を鼓膜に感じて胸が震える。

「できるでしょ。映さんなら」

「で、できねえって……簡単に言うなよ」

「できてたんじゃないですか。ここで。昔に」

唾を飲む。一瞬、時が止まる。

そうだ。雪也は知ってしまったのだった。

もう隠さなくてもいい。自分の中だけに抱え込む苦しみは終わった。

けれどそれは依然として映の弱い場所を直接揺さぶる。もう怯えなくていいと知っているのに、混乱する。無防備になる。あの男の支配の名残は、まだ心の奥に存在している。

「それに……俺が前に言ったこと、覚えてますか」

「え……」

「あなたの過去の記憶を塗り替えたいってやつです」

雪也は映を強く抱き締め、首筋に顔を埋めて深呼吸する。

「今夜なんて絶好のチャンスじゃないですか。この部屋、昔から映さんの部屋だったんでしょう」

素直に頷く。映の部屋は子どもの頃からずっとここだった。ここで寝起きし、勉強し、家庭教師に色々と教えられた。ある意味すべての始まりとなった場所。

「この部屋にいたら思い出すのは俺であって欲しいんです。美少年やら何やらも連れ込んだかもしれませんが、いちばんには俺を思い出して欲しい」

「そりゃ、わかる、けど……いや、今さ、赤ん坊、いるんだぞ」

「だから、起こさないようにしましょう。俺も、ゆっくりしますから……」

ゆっくりされたとしても同じことだ。それどころか快感の度合いは増してしまうかもしれない。

しかし何を言っても、この状態になった雪也の下半身が治まらないことはわかっている。

令人を起こさないように、家族にバレないように、秘めやかにことを進めなくてはいけない。そんな緊張感があるせいか、やたら妙ないやらしさがあって、息が上がってしまう。

「はあ……映さんだって、結構盛り上がってるじゃないですか……」

強張(こわば)った前を撫(な)でられて小さく笑われる。ますます体が熱くなり、いつもの感覚を想像して、それだけで空イキしそうになる。

「も、もう、早くしろって……長引いたら、令人いつ起きるかわかんねえ……」

「大丈夫ですよ……ミルクも飲ませてオムツも換えたし……一度寝ついたらなかなか起きないじゃないですか」

「で、でも……夜泣き、するかもしんねえから……」

「そうですね……じゃあ、早く入れちゃいましょうか」

雪也の鞄(かばん)の中からセックスのための必需品が出てくるのはいつものことである。下着を剝かれ、腰の下に枕(まくら)を突っ込まれ、下半身を露(あらわ)にされて、ねっとりと口を吸われながら尻の狭間(はざま)をローションで解(ほぐ)される。

赤ん坊が隣で寝ているというのに、男と舌を絡めながら、下肢からくちゅくちゅ粘ついた水音をさせているというのが何とも背徳的だ。起きてしまわないかと常にそちらを気にするので集中できず、それでも慣れた雪也の指使いと唇に夢中になり、またハッと我に返ることを繰り返して忙しい。

「……赤ん坊、生まれたばっかの夫婦ってさ」

「ええ……なかなかできないでしょうね、ゆっくりは。それどころじゃないでしょうし」

小さく囁き交わし、声を潜めて笑う。

「そうだよな。でも、女の方が母性に目覚めてやりたくなくなるって聞いたりする」

「ホルモンの関係でしょうね。それで夫が嫌になってしまったりもするらしいですよ」

「子どもできたら、女は母親だもんな……ずっと腹ン中いたわけだし。父親は、時間かけてなってくって感じするけど……」

雪也は母性だ何だと言っていたが、やはりそれは女性だけのもののような気がする。映は腹に子を宿すことはできないし、赤ん坊を見たときに小さな命を守らなくてはと自然と思うのは、自分だけではないだろう。

「あんたは……子ども、欲しくないの」

ふと、思い浮かんだことを口にする。

「俺に母性とか言うけど……雪也だって父親になりたい気持ち、あるんだろ」

「ありませんね」

迷いもせずにはっきりと答えが返ってくる。

「もしも映さんが女性だったとしても、特に子どもが欲しいとは思いませんよ。相手が望むのなら別ですが」

「家族とか……欲しくねえの」

「何でしょうね。そう思ったことがないんですよ。結婚願望も皆無でしたし。ただ……」

ふいに雪也が動きを止め、映を凝視する。奥の奥までこじ開けられるような強い視線に、心臓が止まりそうになる。

「あなたを縛る何かは欲しい。そのためなら結婚でも子どもでも実現させてみせます」

「……束縛の手段かよ」

「そうですよ。俺が欲しいのは、あなた一人だけですから」

躊躇（ためら）いのない強烈な告白に、目眩（めまい）がする。

（もう、俺はあんたに全部見せてるのに）

秘密を明かして、共有した。誰にも話したことのない自分の恥辱の過去を暴かれた。

それでも、縛り付けたいのか。不安なのか。こんなにもすべてをさらけ出しているのに。何もかもを委（ゆだ）ねているというのに。

脚を抱えあげられ、折り重なる。押（お）し潰（つぶ）されて胸を喘（あえ）がせると、唇に食らいつかれた。潤い、ぬかるんで解れた場所に押し入られる瞬間、どうしてもくぐもった声が漏れる。それを吸い取るように、深々と埋められながら、執拗なキスをされた。

「んぅ……、ふ、く……」

「……大丈夫、そうですか……映さん」

心配するような声をかけながら、長大なものを遠慮なくゆるゆると蠢かせる。

「は……、ん、うぅ……、あ、あんま、奥、やめ……」

「奥……？　どうしてですか。あなたがいちばん好きなところでしょう」

「だ、から、だめなんだ、って……、は、っ……ぁ、は……」

舌を絡めながら、執拗に、けれど優しく、最奥の敏感な粘膜をずちゅ、ずちゅと押し上げられ、何度も餅をつくように重くこねられて、声を出せない映は目いっぱいに涙を溜めながら途方もない絶頂感を堪えている。

「だめぇ、だ、め、ぁ……、い、やだ、って、言って、は、ふぅっ、ふ、ううう、く」

「でも、いいんでしょ……すごい、中、動いてます……だめ、だめ、って言いながら、俺のを絞ってぎゅうぎゅうに締めてくる……はぁ……本当に、いやらしい人ですね、あなたは……」

「や、あ、ぁ、おねが、だめ、あ、だ……んぅ、う」

声が上がりそうになる絶妙なタイミングで、雪也は深々と唇を合わせる。舌の根を吸い、呼吸まで貪って、悲鳴を呑み込む。

間断なく逞しい腰に緩やかに、けれど深く突き上げられ、僅かなベッドの軋みと共に、合わさる粘膜の間でぐちゃぐちゃくちゅくちゅとローションの掻き混ぜられる音が響く。

甘美で耐え難いほどの悦楽に朦朧としながらも、令人が起きていないことを視界の端で確認しながら、必死で快感の嵐の中で自我を失わぬよう踏み止まっている。

　今夜の雪也は宣言通り、ゆっくりと静かに映を抱いている。けれどそのために、やはり危惧した通り如実にひとつひとつの刺激を受け取ってしまい、絶え間なく続く霧雨のような官能に浸され、映は随喜の涙に濡れた。

「映さん……あぁ……いい……最高ですよ……あなたは本当に……愛しい人だ……」

　いつもより抑えた、低い掠れ声で囁かれ、その甘い声音に陶酔する。

（雪也に愛されてるのが、気持ちいい……体もいいけど、ヤバイくらいの執着が、束縛が、何かもう、これでもかってくらい締めつけられるのが、癖になってる……）

　危険な兆候だ。どこまでも溺れたくなる、悪い癖に傾きかけている。

　けれど、雪也は今までの男とは違うことはわかっている。雪也は、映を捨てた彼らが『怖がっていた』と言っていた。引きずり込まれそうで恐ろしかったと。

　しかし、一緒に溺れるとまで言ってくれた。何も怖くはないと言って、自分の方が相手を引きずり込みそうな顔をして映を抱いた。

（そうか、俺が怖がられてたって、こういうことか……）

　雪也を前にして初めて自分が見えたような気がする。自分の何もかもを染められてしまいそうな、すべて支配されてしまいそうな、自分が自分でなくなりそうな感覚が、きっと恐ろしかったのだろう。それほど、映は相手に依存しようとしていた。雪也はそれ以上の

強さで、映を求めている。

「はっ……ぁ……、あ、も……、ヤバ……、ぁ」

「イきそうですか……？　いいですよ……映さん、達すると長いですけどね……」

「だから、やばい、ってば……、だめ、あ、や、だめぇ……っ」

だめだと言っているのに、雪也は止まらない。達すると何もわからなくなってしまうし、声も抑えられなくなってしまうのに、何を考えているのか。

「いいですから……俺が、塞いであげます、ずっと……だから、大丈夫……」

「や、ぁ……ぁ、雪也、ぁ、あ」

雪也は額に汗を浮かべながら微笑し、映を強く抱き締め、動きを速めた。立て続けに奥の奥までぐっぽりと嵌め込まれ、目の前が真っ白になる。

「はぁ、ぅ、うぅ……」

叫びそうな唇を深々と塞がれ、映は痙攣した。雪也に抱き込まれ、ベッドの軋みは僅かに大きさを増した。

深い口付けを繰り返しながら、雪也は優しく映を愛撫する。達すると全身どこを触られてもオーガズムを感じ続ける映は、幾度も震えて意識を飛ばしかけた。

（あ……何だこれ……変……ヤバイ……）

普段と違ってずっと体を緊張させながらのセックスのために、妙に意識と体が切り離されたような、奇妙な絶頂感だ。肉体は同じように達しているというのに、思考だけはどこかで漂って完全に埋没はしない。けれどそのせいで、いつもよりも快楽をクリアに感じているような、ふしぎな感覚だった。

「あ……はぁ……雪、也……」

「可愛い……映さん……」

うっとりと目を細め、唇を合わせ、全身を密着させて揺れ動く。

やがて雪也の吐息も切羽詰まり、呼吸を止めて、数度激しく蠢いた。

変に汚しては怪しまれると思ったのか、今夜はさすがにゴムをつけている。いつも中出しされて潮を噴いてしまうので、ノーマルではないのにノーマルなセックスをしたようで、新鮮な心地を覚えた。

ぐったりと二人で絶頂の余韻に浸りながら、傍らのベビーベッドを確認する。

「はあ……、よかった。令人、起きませんでしたね……」

「あんた、ほんと、無茶する……」

疲労がひどい。意識した以上に気を張っていたのか、雪也が体を清めてくれた後、急激な眠気が襲ってきた。

「ひどい目にあった……」

「でも、これで、この部屋は俺との思い出の方が強くなったでしょ？」

「馬鹿（ばか）……。当たり前だ……」

雪也の嫉妬（しっと）のために、恐ろしく疲れるセックスをしてしまった。新感覚を味わえたのは新鮮だったものの、とりあえずこんなことはもうごめんである。

けれど、あの女がいつこの赤ん坊を取り戻しに来るのかまったくわからず、それまでにまたこういう状況になるのではないかという危惧がある。

その予感に更に疲労が色濃くなり、雪也の体の重みを感じながら、映は落ちるように深い眠りについた。

氷川麻衣

「え、何……？　俺たちがあの女調べるの？」

　思わず面倒臭そうな声が出てしまう。

　翌朝、諸々の世話を終え赤ん坊を寝かしつけた後、美月と拓也が部屋にやって来て、映に氷川麻衣の調査を依頼してきたのだ。

「うん。だって、あーちゃん一応探偵でしょ？」

「一応じゃない！　れっきとした探偵！」

「なあ、頼むよ映。悪いけど俺、昨夜もずっと考えてたんだけど本当に思い出せない。状況が状況だし、できるなら身内の中で解決したいんだよ」

　拓也が雨に降られたずぶ濡れの犬のような目をして縋り付いてくるのを哀れみと呆れの眼差しで見やった後、映はベビーベッドの中の令人に視線を向ける。

「でも、いいのかよ。俺がいないと、令人、ヤバイんじゃないの」

　今朝も起きてからミルクやオムツ換えなどの世話を総出でやったものの、やはり映がこなした方がすべてスムーズだった。視界に映がいないとすぐに泣き出すし、後を追おうとする。どうしてこうなったのかまるでわからないが、完全に母親認定されていた。

そんな状況で、まさか調査に出向く度に一緒に外に連れていくわけにもいかないだろうし、ここを長く離れることはかなり困難だ。

「そこは仕方ない、何とかする。外出は少しの時間だけにしてもらって、俺ももちろん最大限協力するから」

「当たり前だろ。とりあえず、アニキがあの女と会ったのは合コンなんだろ？　いつも合コンセッティングしてる同僚に連絡とってよ。『氷川麻衣』って名前出せば連絡先なんかすぐわかるだろうし、今の時点じゃ別に探偵必要なくね？」

「その後のことだよ。連絡先とか聞くまではもちろん俺がやるけど、あの氷川さんがどういう人なのか、さすがにそこまでは同僚も知らないだろうし、よくある探偵の身辺調査ってやつ、やって欲しいんだよ。もちろん料金は払うから」

映は雪也と顔を見合わせる。どうして拓也がそこまで氷川麻衣を調べたいのか、少し違和感があった。今は居場所を突き止めるだけでいいのではないか。

「なあ、夏川。今更な質問だけど、お前、昔は酔っ払うとすぐに寝ちまってたよな。それ、今も変わらないか」

「え、酔い方か？　うん、まあそうだと思うけど……」

「それじゃお前、子どもなんかできるわけないだろ。少なくとも俺と飲んでた頃は、酔っ払うとわけわかんなくなって、すぐにどこでも眠っちまってた。それを俺が面倒見てたじゃないか」

　雪也に指摘されて、拓也は考え込む。

「そう、なんだけどさ……。でも、記憶がないからハッキリわかんないじゃないか。もしかして途中で起きてそういうことになったかもしれないし……」

「昔は朝までぐっすりだったけどな。ま、確かに相手がお前に気のある女なら違う展開にもなってるかもしれないが、けど潰れるほど酔ってるのに……あり得ないだろ」

　雪也はすぐ側にいる美月をチラリと見やって、言葉を濁した。恐らくそれほど酔えば勃たないと言いたかったのだろう。

「それにしたって、彼女の今の居場所がわかって本人を捕まえられれば、身辺調査なんか必要なくないか」

「そうだよ、アニキ。会って話し合ってさ、平行線ならDNA検査しかねえだろ。あの女がいなくたってやってもいいけど、確か母親の方のも調べねえと正確な結果が出ないんじゃなかったか」

「うん……そうだな。それはいずれはっきりさせなきゃいけないんだけど……」

　どうにも歯切れが悪い。いつもは何でも正直に言い過ぎるくらいなのに、変なタイミングで自分の中に籠もることもある兄なので、真意を把握しかねる。

「何だよ。何が気になってんの」

「いや、なんか思い出せなくて申し訳ない気持ちがあるんだ。彼女に……だからどういう人なのか調べてもらって、何とか思い出せないかな、って」

「私はいくら調べたってだめって言ったんだけどね。お兄ちゃんは興味ないことぜんっぜん覚えられないんだから。昔っからそう」

美月があっさりと否定する。

「お兄ちゃん、昔付き合ってた彼女たちの顔、思い出せる？　無理でしょ。名前くらいは覚えてるかもしれないけど、顔は無理」

「お、おいおい、そんな断言するなよ。顔くらい思い出せるって」

「思い出せてなかったじゃん。前にお父さんの個展に遊びに来た人、大学のとき付き合ってた人でしょ？　うちに連れてきたことあるもの。私が覚えてるのに、お兄ちゃん『誰だっけ』って言ってたよ」

明確な証拠を突き出され、拓也はぐうの音も出ない。

美月の話に、雪也は驚くこともなく頷いている。

「夏川はそうだろうな。大体、彼女たちの方から告白されて付き合うし、学生時代もお前が誰かに熱上げてるの見たことない。いつの間にかあっさり付き合ってあっさり別れてる。女関係でお前が落ち込んでたり浮かれてたりするのなんて見たことないしな」

「そ、それは！　お前だって同じだろ、龍一！」

「お前と一緒にするなよ。お前が過ぎ去った興味ないものを忘れる速度は異常なんだよ。俺は女だけじゃなくて過去に関わった人間の顔は忘れねえよ」

雪也の台詞はよく考えるとかなり怖い種類のものだが、拓也の健忘症かと思うような記憶の謎も怖い。

「アニキ、勉強はできるのにな……人間に興味がなさ過ぎるのか」

「お兄ちゃんは何にでも淡白なのよ。特に人間関係。合コンだって全然興味ないけど、どうせ同僚の人に『ただで飲み食いさせてやる』とかで連れてかれて客寄せパンダみたいになってるんでしょ。それで酔い潰れてこんな風につけ込まれてさあ……自業自得よ」

「確かに。夏川は容姿はいいからな。しかしタダ食いに釣られるほどお前貧乏じゃないだろ。一流企業だし稼いでるし、実家暮らしで金に困ってるはずない。育ちがいいクセに何でこうなのかね……兄弟揃って」

雪也にチラリと視線を送られて、映は苦笑いする。確かに映自身安かったりタダだったりするお得感に弱い。反面、気に入ると値段も見ずに買ってしまうところもあり、ドケチというわけでもないのだが。

「と、とにかく、同僚に聞いてみるから。その先は頼んだぞ」

「はいはい、わかったよ。こうなったらトコトン付き合ってやるから」

「助かるよ。それじゃ、俺会社行かなきゃいけないから」

これ以上話を続けるとどんどん責められると感じたのか、拓也は珍しく自ら話を切り上げ、そそくさと出ていった。

美月も大学へ出かけ、一馬も画塾へ指導に行った。

麗子は午後からの予定ということでまだ家におり、リビングから「お茶でもどう」と呼びかけられ、眠っている令人を寿子に任せ、二人は階下へ降りた。

「本当に、とんでもないことになっちゃったわねえ」

麗子はとてもそうは聞こえないのんびりとした声で話す。お弟子さんからいただいたという焼き菓子を摘まみながら、ひとときの休息だ。実家に帰ってきて初めてのんびりと過ごしている気がする映である。

「白松さんも、大変なことに巻き込んでしまって、申し訳ないわ。映を手伝ってくださって、とても助かります」

「いいえ、そんな。私よりも、夏川本人やご家族の方がよっぽどお疲れでしょう。こんなときに泊めていただいて、申し訳ないのはこちらです」

麗子はまじまじと雪也を見つめ、にっこりと微笑む。

こういうときに映が感心するのは、雪也の出し入れ可能な威圧感である。いつもならば相対する人間を怯えさせるほどの圧を自然と発してしまう雪也だが、恐らく意識しているのだろう、今はただ善良で優しく紳士的な青年であり、初対面でも信用できそうな気にさせてしまうほどの包容力に満ちている。つまり詐欺師としての才能がある、かもしれない。

「本当にご立派な方ね。映の側にいてくださって安心だわ。それに、拓也のお友達だったなんて」

「夏川には世話になりました。卒業後も親しく付き合わせていただいてます」

「その関係で、映の仕事の手伝いも？」

ええ、まあ、などとしれっと答えている雪也が事務所の前に大の字になって倒れていたのを思い出し、噴き出しかけるのを懸命に堪える。

拓也が雪也に頼んで事務所の土地を買い上げてまで映を連れ戻そうとしていたのを、麗子はまったく知らなかったのだろうか。

「しっかし、アニキがまさかこんなトラブル持ち込んでくるとは思わなかったな」

「こういうときいつも騒ぎの中心にいたのは、映だったものねえ」

優雅に紅茶を飲みながら、少女のようにコロコロと笑う母。

「でも、あなたがあんなに赤ちゃんのお世話が上手いだなんて驚いたわ。まさか、どこかで育てているの？」

「は⁉　ないない！　それに、俺のは上手いとは言わないだろ。単なる偶然で懐かれてるだけだよ……」

とんでもないことを言い出す母親にギョッとする。この上弟にまで隠し子がいたら恐ろしいことになる。

麗子はカップをソーサーに置いて、窓の外を眺め、ふうと小さくため息をつく。

「こんないきなりな展開でもなければ、拓也に子どもができたのは嬉しいことなんだけど……あの子はちっとも結婚する気がないみたいだし」

「あの分だと一生しないよ。俺が言うのも何だけど、アニキを結婚させたいなら、見合いで強制的にって方法しかないと思う」

「お見合いは何度もさせてるのよ。でもねえ、現代でそんな強制的にって、無理でしょう。第一、そんな無理矢理じゃお相手もお気の毒だしねえ」

至極真っ当な言葉である。しかし、真っ当なやり方では拓也の未来に結婚の二文字が存在しないのは確実のような気がする。

「こんなときだから聞くけど……。映、もう瞳さんとは全然連絡はとっていないの？」

突然の変化球に、紅茶を飲んでいた映は噎せかけた。

まさかここで婚約者だった宮野瞳の名前を出されるとは思わなかったが、ずっと気になっていたのだろう。また会えなくなってしまうかもしれないと思えば、この機会に色々と質問したいのは当然の心理だ。

「うん。とってない」

「そう……」

麗子は素直に残念そうな顔をする。

「これもご縁だものね。彼女が誰を好きになるか、あなたが誰を好きになるか、それは親たちには決められないものね」

「ごめん」

両親の期待に何も応えられない映には、ただ謝ることしかできない。この先彼らが映の子どもを目にすることはないだろうし、再び正式な形で家に戻ることもないのだから。

「いいの。拓也に結婚を強制するつもりはないし、あなたもそうよ。親は子の幸せを願うものだもの。好きな人ができたら、その人と一緒になって欲しいわ」

「でもさ……正直、思っただろ。令人がいきなり現れてさ。もし俺が彼女と予定通り結婚してたら、今頃は、って」

「さあ……どうかしら」

麗子は小首を傾げる。その仕草が童女のようにあどけない。

「瞳さん、今は銀行で働いているのよ。普通にお仕事してるの。大昔みたいに、女は学校を出たらすぐ結婚だ出産だ、なんてことはないし、もしあなたたちが結婚していても、そんなに子どもを急かすことはなかったと思うわ」

「……そっか。普通に働いてるんだな」

瞳の父親はメガバンクの頭取だ。縁故採用ということになるのだろうが、それでもあの深窓の令嬢が働いているとは驚きだった。彼女は労働を知らず、生活の苦労を知らず、生涯上質な真綿に包まれて生きていくのだろうと思っていた。

「それじゃ、結婚はしてないの」

「そういう話は聞かないわね。今はお付き合いされている方もいらっしゃらないみたいよ」

「え……そう、なんだ」

それでは、友人とは別れてしまったのか。ふいに無力感に襲われ、映は黙り込んだ。

(あのとき、彼女は初めての恋をしたと言ってた。それが、だめになっちまったのか)

あんなに幸せそうだったのに。あの二人ならうまくやっていけると確信していたのに。所詮(しょせん)はこちらの都合で婚約者を友人に押し付け、厄介払いしたかった自分の錯覚だったのだろうか。

(でも、彼女に幸せになって欲しかったのは本心だ。俺なんかと一緒になって偽りの結婚生活を送るよりも、普通に恋愛して、愛してくれる男と生きて欲しかった)

すべてが自分の勝手な願望であり、まず初めにあったのは己のワガママと承知の上で、宮野瞳の幸福を願ってもいた。

もちろん、恋愛し結婚することだけが女性の幸せではない。けれど、瞳のような境遇の女性にとって、まず親から求められいちばんの幸福と教えられてきたことは結婚だろうし、そうでなければ時代錯誤な婚約者などをこしらえたりはしない。

家を出てすべてを捨てて以来、あまり考えないようにしていたが、それでも気にかかっていたのは彼女の存在だった。仮にも一度は将来一緒になると決められていた女性だ。友人とくっつけて片付けた気になっていたが、やはりそう都合よく物事は運ばない。

「映さんはどんな子ども時代だったんですか」

考えに沈んでいたのを、雪也の声に呼び戻される。

「あら、映の子ども時代？　可愛かったですよ、天使みたいだったの」

落ち着いていた母の声がにわかにウキウキと弾む。何かいらぬことまで話し出しそうでハッと危機感を覚えたとき、階上からタイミングよく令人の泣き声が響いてきた。

「あっと！　離れ過ぎたわ、雪也、行くぞ」

「え？　は、はい。そうですね」

ごちそうさまでした、と言い置いて二人は二階へ急ぐ。オロオロしながら令人を抱いてあやしていた寿子は、映を見てホッとした顔で赤ん坊を渡す。

「オムツはまだ大丈夫なんですよ。やっぱり、映坊ちゃんがいないと不安なんでしょうねえ」

「ったく……何でよりによって俺なんだよ、お前は」

案の定、映が抱けばすぐに泣き止み、キラキラとした真っ黒な瞳で見つめてくる。

「映さんがあの氷川麻衣という女性に似ているわけでもないでしょうしねえ……」

「映坊ちゃんはあんな女よりもずっと綺麗ですよ！」

寿子が鼻息も荒く否定する。

「きっとこの子は映坊ちゃんのお優しい心がわかるんだと思いますよ。赤ん坊はそういうことに敏感ですからねえ。この子は特に繊細で、よく感じ取ってしまうのかもしれませんね」

「俺、別に優しくねえけどなあ」

「映坊ちゃんはとってもお優しいですよ。皆わかってます」

「えー、もう、何言ってんの、寿子さん……」

どういうわけか、ふいに胸に熱いものが込み上げて、映は慌てて令人をあやすふりをして下を向いた。

(俺、いきなり出てったのに。六年も音信不通だったのに。それのどこが優しいっていうんだよ)

優しいのはこの家の人々だ。普通なら玄関先で出ていけと追い払われてもおかしくはない。けれど、易々と招き入れた上に、何事もなかったかのように日常生活に溶け込ませ、こんなことまで言ってくれる。

無意識のうちに神経が張り詰めていたのだろうか。拒絶されたらと心の中では恐れていたのだろうか。

思いがけないタイミングで凍りついていたものが氷解し、何かがあふれ出しそうになって、映は雪也に意識を向ける。

「雪也、これからどうする？　昨夜は事務所からそのまま来ちまったけど」

「そうですね、一度汐留に戻ります。色々片付けてからまた来ますよ。何にせよ、夏川が氷川麻衣のことを聞いてこないと話はこれ以上進みませんし」

「ああ、そうだな……アニキの帰りは夜だし、遅くなりそうなら明日でもいいよ。そのときに連絡くれれば」

「わかりました」

事務的な話を続けていると気持ちが落ち着いてくる。雪也の低い声もいつの間にか映の心を静める安定剤のような役割になっていることに気がついた。

雪也はふと映の顔を見つめ、気遣わしげに眉根を寄せる。

「映さん、大丈夫ですか」

「え……うん。何が？」

「いえ……。すぐに戻りますから」

やはり番犬のセンサーは優秀だ。映のほんの少しの不安でも感じ取り反応してくる。

(俺、ほんと雪也に依存しまくってるな……こいつがいなくなっちゃったら、俺どうなるんだろう)

そんなことをふと考えて、ざわっと胸が不穏に騒ぐ。「うー」と腕の中の令人が声を上げたのにハッとして、再びあやすのに集中する。

本当に赤ん坊という生き物は親の心の動きに敏感なのかもしれない。映はそもそも親ではないが、一時的にそう認定されてしまっているらしいので、この子の世話をしているときはネガティブなことは考えない方がいいだろう。

夏川家を出ていく雪也の背中を令人と見送りながら、(子ども生まれたばっかの新婚夫婦ってこんな感じなのかな)などと想像した。

母乳チャレンジを試みた雪也の狂気に少しずつ侵食されている自分を自覚しないわけにはいかない映であった。

＊＊＊

夕方に雪也は戻り、夕飯の直前に拓也も帰宅した。

自然と雪也も夕食を共にする流れになり、配慮が足りなかったと出ていこうとする雪也を家政婦の寿子が無理矢理食卓に着席させる。映は令人を抱いて離乳食を少しずつ食べさせながらの夕食だ。

「アニキ、例の話、聞いてきたんだろ。どうだった」

「あー、うん。名前言ったら調べてくれた。確かに合コンで会ってたらしい」

あっさりと聞き出せたようだ。合コンで出会ったことは裏付けがとれた。

「アニキの同僚は彼女のこと覚えてたわけ」

「まあ、うっすらとかな。あいつ相当合コンこなしてるから、よっぽど気に入った子じゃないとそこまで詳しく覚えてない」

「ってか、まだ思い出せねえの？」

「すまん……まったくだめ」

この期に及んで何も思い出せない兄に映は深いため息をつく。

「だって仕方ないだろ！　そいつもう何回も合コンセッティングして、俺はその度数合わせで呼ばれてるんだから！　いちいち覚えてないの！」

「じゃあどうすんだよこの先。それ以上の情報あんの」

「いや、さすがに氷川さんの住所だなんだはわからない。ただ、彼女、俺の同僚の直接の知り合いじゃなくて、友達の友達って関係だから、その友達の方紹介してもらうことになった。そしたら彼女のこともその子から聞けるだろ」

拓也にしては珍しく気の利いた運びである。内心感心したが口には出さない。調子に乗ると果てしなく面倒だからだ。

「それじゃ、そこから俺たちが調べればいいってこと？」

「うん。先方には俺が会いたいって言ってるって伝えたらしいから、俺も行かなきゃだめだけど。どうやって氷川さんのこと聞くつもりだ？」

「とにかく勤め先とかわかればいいから、適当に探るつもりだけど……職業とかもアニキの同僚は知らないの？」

「ええと、看護師って聞いた」

「なるほどね……合コンじゃモテる職業じゃん」

まだ勤めているかわからないが、看護師ならば病院に行けば周囲からも話は聞けるだろう。ざっくりと頭の中で計画を練りながら今後の行動を考える。

「まあ、まずその友達が氷川麻衣がアニキの子ども産んだ云々って話を知ってるかどうかで流れは変わる。知ってるなら事情を話して、赤ちゃんが病気になったから居場所を教えて欲しいとでも言えばいい。知らなかったら、病院で見て一目惚れしたからとか言って、ぜひ紹介してくれって方向にすれば向こうも乗る確率は高いと思う」

「一目惚れ？　映が？」

「その設定なら雪也がいいかな。その方が相手の女もべらべら喋るだろうし」

こういうときは雪也が圧倒的に適任だ。相手の女は雪也に好かれたいと思い、要求には何でも応えようとするだろう。

「じゃあ早速なるべく早めに会う段取り決めてよ。こっちはいつでもいいから。……だよな？」

一応確認をとると雪也は黙って頷く。

「俺は構いませんが、それじゃその場には俺と夏川だけということになりますか」

「うん、そう。俺がいても意味ないし」

わかりました、とやや気怠げに了承する雪也。氷川麻衣本人を見ているだけに、彼女に一目惚れしたという設定は少し気が進まないのだろう。元カノを思い出してもかなりタイプが違うのでそれは理解できる。

「とりあえずなるべく早くに会いたいって言ってみるから」

「ああ、そうして。あとちゃんと思い出す努力もしろよ」

「してるさ！　毎朝毎昼毎晩！　ただ今は、映が家に帰ってきたってことが嬉しくて嬉しくて胸がいっぱいで」

「俺の妄想してる脳の容量、思い出す方に回せば一発のような気もするよな」

離乳食を食べ終えた令人を抱いてゲップをさせていると、ふとその体温が高いような気がして、ドキッとして小さな額に手を当てる。

「なあ……、なんか令人、熱出てねえか」

「え、本当ですか」

雪也も顔色を変えて手を頬に当てる。

「ああ、結構熱いな……大丈夫なんでしょうか」

「ど、どうしよう。もし何か病気とかになってたら……」

顔色も少し赤くなっているような気がする。ぐったりはしていないが、赤ん坊の生態など何もわからないので、今の状態が異常かそうでないのかが判断できない。

拓也も令人の顔を触って「熱いなあ」と心配げに呟くが、ふと首を傾げた。

「ん……？　でも、病院に連れていくとなったら、この子保険証ないよな」

「あっ。そうだ。じゃあ自費ってことか……」

こちらが払う義理はまったくないのだが、背に腹は代えられない。

「今の時間赤ん坊診てくれる病院あるかな」

「あるでしょう、急患用とか、いくらでも」

「まあ、ちょっと落ち着きなさいよ。赤ちゃんは元々体温が高いし、ちょっとしたことで熱も出すんだから」

慌てる男たちに、麗子が苦笑しながら口を挟む。

「まだ体温調節が上手くできないのよ。ご飯の後とか、遊んだ後とか、簡単に熱が上がっちゃうの。令人ちゃん、見た感じはいつも通りだし、少し様子を見ればいいと思うわ」

「だ、だけど……もし何か病気だったりしたら」

「深刻なときはさすがにいつもと違う様子になるわよ。熱が少し上がる度に病院に駆け込んでたらきりがないくらい、こういうことはよくあるし」

さすが三人の子育てをした母は違う。見た目は若いが人生経験が豊富である。

映は腕の中の令人を注視する。お腹が膨らんで眠くなったのか、少し赤い顔をしたままウトウトとし始める。

「じ、じゃあ、大丈夫かな……夜間もやってる病院行かなくても……」

「子育て経験ある母さんが言うんだから大丈夫だろ。とりあえずは」

「それじゃ、お母様の言う通り様子を見ましょうか……一応、預かり物ですからね。この子の普段の様子というものを、そもそも俺たちはまだよくわかっていないわけだし」

「そうね。代わり番こで、注意して令人ちゃんを見ていましょう」

映は令人を抱いて静かに階段を上がり、そっとベビーベッドに寝かせる。令人はもみじのような手を握ったまま、いつものように安らかに寝息を立てている。

その愛くるしい寝顔に、映の胸は締めつけられる。熱を出していても、実の母親はここにいないのだ。

「……一応、今は平気そうだけど……こんなときに病気になられたら困っちまうよな……」

「本当、赤ん坊は目が離せませんからね……あの女性、何だってこんなことするんでしょうね」

もしも他人の家に置いていっている間に我が子が病気になったらと考えもしなかったのだろうか。その無責任さにはさすがに憤りを覚える。

「俺、今夜も泊まっていいでしょうか。順番で見ますよ、この子のこと」

「いいのか？　悪いな……でも言っとくけど、昨夜みたいなの絶対ナシだから」

「さすがにそれはわきまえてますよ」

雪也は笑って、「でもこのくらいはいいですよね」と、映の肩を優しく抱き込み、そっと唇を吸った。

その夜、家族総出で代わる代わる仮眠をとりながら令人の様子を注視した。現在取り掛かっている作品に煮詰まっているらしい父一馬も、アトリエから時々様子を見に来ては「大丈夫か」と聞いていた。

真夜中を過ぎる頃には体温もいつも通りになり、ミルクを飲み、オムツ換えも問題なく、映が側にいれば夜泣きもせずに、いたって元気な状態で朝を迎えた。

映や雪也にとっては初めての経験で、もしもこのまま悪化してしまったらとかなり気を揉んでいたが、麗子の言う通りあっさりと熱も下がり、ほっと胸を撫で下ろす。

「よかったねえ、令人、何もなくて」

同じく神経をすり減らしたらしい美月が疲れた顔で笑っている。

「そうね。お熱出るのは珍しくないといっても、赤ちゃんはいきなり様子が変わることもあるし……大人がずっと見てあげていなくちゃね」

「よく母親のワンオペとか聞くけど、こんなのずっと一人っきりで面倒見てたら大変どころの話じゃないよな……」

こちらの苦労も知らず、令人はまん丸のほっぺでキョトンとした顔で疲れ果てている大人たちを眺めている。その純粋無垢な愛らしさを見れば、寝不足も疲労も和らいでくるのがふしぎだ。

赤ん坊は自力で生きられないので、大人に愛してもらうためにこういう可愛らしい形をしているのではないかと映には思える。人間も他の動物も赤ん坊が皆愛くるしい姿で生まれてくるのは、きっと生きるための術であり本能なのだ。それでも、あの母親のように平気で置き去りにする人間もいるわけだが。

「子どもは親を選べないもんなあ」

「俺たちは母さんと父さんが親でよかったな、映！」

「あら、可愛い。親も子どもは選べないけどねえ」

邪気のない顔で麗子がウフフと笑う。

各々が大学や会社に行く準備を始め、夏川家は赤子騒動に右往左往しながら、今日もひとまず一日の活動を開始する。

こんな日常がこれから何日続くのかわからないが、しばらくは令人に振り回されることになるのだろう。せめて氷川麻衣の調査が順調にいくことを祈りつつ、何かまたトラブルが舞い込んできそうな予感に、遠い目になるのだった。

＊＊＊

雪也と拓也は、氷川麻衣の友人、星川（ほしかわ）カナと週末の昼下がりに会うことになった。

都内のカフェで待ち合わせて、予約していたテーブルに着席する。

事前に「もう一人一緒に来る」と伝えていたのでカナは雪也を見ても驚きはしなかったが、一般人の中ではかなり目立つ容姿に緊張しているのが見て取れた。

「今日はいきなり呼び出してごめんね。相当久しぶりだけど、元気だった？」

拓也がフランクに話しかけると、カナは薄く笑って「うん」と答える。彼女は三十代半ばで小綺麗（こぎれい）な見た目である。氷川麻衣ほどではないがややぽっちゃりとしていて、その丸顔ゆえに実年齢よりも若く見えそうだ。

拓也の同僚によれば、カナは商社勤めで忙しく麻衣は高校時代の友人らしい。パッと見はバリバリ仕事をこなすキャリアウーマンという印象ではないが、声や表情に自立した強い意志が感じられる。

カナは雪也をチラチラと見ながら、怪訝な表情を隠さず拓也に問いかける。

「ていうか、何で今更麻衣と連絡取りたいんですか？　夏川さんって、確か全然私たちに興味ない感じだったと思うんですけど……」

「あ、実はその、俺じゃないんだ。こいつがさ、偶然氷川さんに会ったみたいで……」

打ち合わせしていた設定で話を進めると、カナは目を丸くして雪也を見る。

「あなたが、麻衣に？」

「はい、実は……。友人の付き添いで病院に行ったんですけど、そこで彼女が働いていて。ずっと忘れられなかったんです」

麻衣がいつから産休をとっていたかわからないので、時期は拓也が合コンで彼女に会った直後辺りということにしてある。どこの病院なのか何科なのかも不明なので、そこをぼかすために自分ではなく友人の付き添いという形が不自然ではなく聞こえるのではないかという作戦だ。

「それで、名札と職業と彼女の特徴を聞いて、それって前に会った彼女のことかもと思って。あのときの合コン主催した奴、星川さんの方の連絡先しか知らなかったみたいだからさ、それでわざわざこうして来てもらったんだけど」

「……そうだったんですか。へえ……麻衣、モテますね」

カナはそう言いながら納得しかねる顔で僅かに首を傾げる。

「でも私、最近そんなに彼女と連絡とってなくて。とりあえず本人に聞いてみますか。会えないか、って言ってる人がいるって」

「あ、ちょっと待ってください」

事前に連絡をとられて逃げられてしまったら元も子もない。

「万が一、人違いだったら申し訳ないので、まず確認したいんです。彼女を見かけた病院で、えっと……何て名前だったかな」

「以前と同じままなら佐野山総合病院ですよ。確か内科だったと思うけど……。中野の辺りですよね？」

「ええ、確かそうです」

「あそこ、割と新しくて綺麗な病院ですよね。お友達はもう大丈夫なんですか」

幸運にも相手からすべて情報を明かしてくれた。適当に話を合わせながら雪也は安堵する。中野周辺を病院名で検索すればすぐにわかる。氷川麻衣という名前もありふれた類いのものではないので、その科に行けば簡単に見つけられるだろう。

「ありがとうございます。友人はもう回復してますよ。最近連絡をとっていないというと、お忙しいんでしょうか」

「麻衣は、そうですね。普段からさほど頻繁に連絡とってるわけじゃなかったんですけど……実は合コンに誘ってから、ちょっと遠のいたっていうか」

「え、もしかしてケンカでも……？」

雪也の質問に、カナは一瞬躊躇(ためら)ってから口を開く。

「私が彼女を無理矢理合コンに誘ったんです。その……彼女、長く付き合ってる相手がいたんですけど、だめになっちゃって落ち込んでたので……」

「友達思いじゃないですか。それがいけなかったんですか？」

「ええと……私は気分転換にでもと思ったんですけど。その、この機会に聞きますけど、彼女夏川さんとは何もなかったんですか」

「えっ、お、俺と？」

突然核心に触れられて、拓也は面白いように動揺する。

「あの、多分ないと思うけど……ど、どうして？」

「いえ、あなたが酔い潰れたのを介抱したのが麻衣だったので。あの子看護師だし面倒見いいし、皆彼女に任せて二次会に行っちゃったので、その後のこと知らないんですよね」

これは氷川麻衣本人が話していた内容と一致する。そこから拓也本人の記憶がないのでどうしようもないのだが。

「あの……そのことですけど、氷川さん本人は何と言っていたんですか」

半ばパニックになっていてまともに喋れない拓也の代わりに雪也が口を挟むと、カナは首をすくめる。

「当然私も聞いたんですけど。『どうだったの』って。でも、何か怒っちゃって。酔っぱらいの面倒見るために参加したんじゃないって。確かに麻衣には悪いことをしました。彼女一人に押し付けちゃったから。ただ、夏川さんは女の子たちに人気だったし、これを機会にいい感じになれれば麻衣も救われるかなって思ってのことだったんです。ひどい裏切りにあって本当に可哀想だったから」

「その長く付き合っていたっていう相手が、氷川さんを振ったんですか」

「振るならまだいいんですよ」

カナの目がきらめき、口調が勢いを増す。

この状態になれば、大体の女性は簡単な相づちを打つだけで勝手に何もかも喋ってくれることを雪也は知っている。彼女たち自身が話したいのだから、こちらはその気持ちを萎えさせない程度の反応をしていればいい。疑問を呈するような意見はご法度だ。

「麻衣が付き合ってたのは、内科の医者なんです。まだ彼が研修医だった頃からの関係で、彼女すごく尽くしてたしいい関係に見えました。ゆくゆくは結婚するんだろうなって。そうしたら相手の男、いつの間にか見合いしてて、婦人科の女医との結婚を決めちゃったんですよ。麻衣には事後報告です。こんなひどいことってありますか」

「それはひどい。有り得ないですね」

「でしょう！」

雪也が話の腰を折らぬよう同調すると、カナは喋りながら自分の感情も煽（あお）られたように、頬を怒りに紅潮させている。

「彼が言うには、両親が看護師とは結婚を認めてくれなかったんですって。それで無理矢理見合いさせられた、って。それで、自分もいい歳（とし）だし、親にはかなり面倒かけてるし、ここで親孝行したい、なんて言って。それで更にひどいのは、麻衣のことは好きだから別れたくない、結婚はできないけど付き合いは続けてくれなんて言ったんですよ。もう自分のことしか考えてない男の典型じゃないですか。私、その話聞いたとき泣きましたよ。麻衣が彼に捧（ささ）げてきた長い年月って何だったんだろうって」

カナの話を聞いていると、確かに氷川麻衣の相手の男は相当に人でなしである。男の医者の親が看護師の嫁をよく思わないというのは度々耳にはする話だが、本当に反対されていたならもっと早い段階で別れるべきだった。カナの言葉ももっともである。

「それじゃ、氷川さんはその医者とは別れたんですね」

「今はそうだと思います……いつ切れたのかはわからないんですけど、そんなにすぐじゃなかったみたいで。少なくとも、夏川さんと合コンした辺りまでは付き合ったままでした。麻衣も踏ん切りがつかなかったらしいです。その後別れたとは聞いたんですけど」

「そうなんですね……付き合いが長いなら簡単にはいきませんよね」

適当に答えを返しながら、雪也の頭の中ではひとつの仮説が出来上がりつつあった。隣に映がいれば、恐らく同じことを同時に考えていただろう。

それから星川カナの話を長々と聞いた後、気が済んだ様子で帰っていく彼女を駅まで送り、緊張と疲れで抜け殻になっている拓也を促して自分たちも電車に乗って夏川家へと向かう。

「お前、よく彼女の話に付き合ってられたよな、龍一……俺、無理だ。しんどい」

車内でぐったりと椅子にもたれつつ愚痴る拓也に、雪也は苦笑する。

「別に、何も難しいことないだろ。ただ聞いてればいいんだし」

「それがしんどいって言ってんだよ。会話じゃなくて一方的にガンガン話されるだけじゃん……俺ならあーとかうーしか返せなくなって『聞いてんの⁉』って怒られるやつ。ずっと聞いてられるわけねえじゃん、興味もないのにさあ」

「お前、今まで付き合ってきた子たちの話聞くのに、いっつもそんな風に思ってたのか」

「何、それって変なのか」

「好きな相手の話なら聞きたくないか」

拓也は首を傾げてウーンと唸る。

「そりゃ、俺だって付き合うからには好みの外見の子にOKしてたけどさ。でも、話はほとんど聞いてなかったかも。だって無駄な話多くね？　結論早くしろよって思うじゃん」

「夏川、そういうとこだぞ」

自分が知りたいと思わないことを延々と話されるのが拓也には相当な苦痛のようだ。女性が相手と議論をしたいのではなくただ話を聞いて欲しいときがあるのを理解している雪也は、ただのコミュニケーションを円滑にする手段としか思わないが、この友人はひたすら無駄な時間と考えてしまうのだろう。わからないでもないが、性別が違うのだから仕方がない。異性と付き合う以上は避けられない部分だ。

（そういえば……映さんとこういう関係になってからは、当然だが女に感じる煩わしいものは皆無だな。それとはまた別の問題はあるけど）

映は同性しか愛せないが心が女性というわけではない。性格も男そのもので、雪也の方が女子力と呼ばれる点では上である。

女は面倒と思いつつ、まさか男と関係を持つことになるとは思っていなかったが、同性であって体のこともよくわかる分、無駄に浮気を疑ってしまって気が休まらない。それに相手はあの映なのだ。こんなにも油断できない関係は初めてかもしれない。

考え込んでいたらやけに悶々（もんもん）としてしまったが、玄関のドアを開けた途端、元気な令人の泣き声が聞こえてきて、思わず頬の緩む雪也である。

「ただいま戻りました」

「あ、おかえり！」

広間から赤ん坊をあやす映が出てきた。令人は泣きつかれて今にも眠りに落ちそうな顔をしている。

それよりも雪也の目には映が着物の上にエプロンをつけていることが大問題だった。まったく料理などしない映が、恐らく離乳食でも作っていたのだろうが、エプロンをつけているなど前代未聞である。しかも麗子のものを借りたらしくフリルの付いた真っ白な可愛らしいデザインだ。

雪也は体が盛大に盛り上がりそうになるのを必死で堪え、何食わぬ顔で「ただいま」と微笑む。

「やー、参った。たった三十分母さんに任せただけでもうギャン泣き」

「そんなこと言ってもねえ、ずっと映だけに任せるわけにもいかないもの。他の人たちにも慣れてもらわないと」

麗子はよほど苦戦したのか、ほつれた髪を指先で直しながらため息をついている。

「それにしても、赤ん坊の世話は体力がいるわね。この歳になるともうダメ」

「何おばあちゃんみたいなこと言ってんだよ。そんな小娘みたいな顔して」

ついこの前学生服を着て十代の少年少女たちの間に紛れていたアラサー男が何か言って

いる。

（それにしても、映さんが異常な童顔なのは確実に母親譲りだな……）

映の母麗子は長男拓也の年齢を考えても確実に五十歳は超えているはずなのに、息子の言う通り三十そこそこか下手をすると二十代のようにしか見えない。無理に若作りをしているというのではなく、映もそうだが、肌質そのものが若い。年齢とともに失われていくはずの水分や脂分の分泌量が変わらないのだろうか。シワもなくつるりとしていて、顔立ちが幼いのも影響してまったくの年齢不詳だ。

この親子の遺伝子を研究すれば、化粧品業界でアンチエイジングの何か大きなビジネスチャンスがあるのではないかと邪な心が動きそうになるほど、彼らの容姿は若い。若過ぎる。二人で赤子をあやしているのを見ると、若い姉妹が親戚の子の面倒を見ているような光景にも見えてしまう。

「で、どうだった？　収穫あった？」

「ええ、たくさん。氷川麻衣の勤務先がわかりました。現在もそこに勤めているかはわかりませんが」

「へえ、すごいじゃん！　これで見つかりそうだな」

カフェで星川カナと話した内容を一通り聞かせると、映は興奮した様子で顔を輝かせる。

「それってもしかするとさ、この子、その医者の子だったりするんじゃねえの」

「映さんもそう思いましたか」

　やはり自分と同じ推測に辿り着いたことに、雪也は満足した。

「俺も聞いている最中にそうなんじゃないかと思いました。星川さんの話じゃ夏川たちと合コンした頃も関係は続いていたようですし、氷川さんが相手の男の裏切りを知って自覚的に妊娠した可能性はあるなと。それをどういう意図か知りませんが夏川の子とするために、あえて疑わしい状況を作ったんじゃないかと」

「それだと筋が通るよな……今はいちばん可能性の高い推論じゃないかと思う」

「え、何々？　解決しそうなの？　早くも？」

　経緯を何もわかっていないらしい拓也が、雪也たちの会話を聞いてウキウキしている。映がうざったそうに追い払う仕草をしつつ、

「まだ解決まではいってねえよ、単なる推測。でもそれすぐに裏付けに行くから、もしかしたら思ったより収束は早いかも」

　と説明する。

「え～早く片付いて欲しい～頼むよ探偵！」などと口を尖らせているのを見ると、自分の記憶があるだけで一発で解決する問題なのに、本人の余裕ぶりは雪也でも若干イラつくところである。

「白松さん、これからのご予定は？」

麗子が髪を整えながら雪也に訊ねる。

「はい、できればここで翌日以降の打ち合わせを映さんとさせていただこうかと思いますが……」

「それなら、私出かけてもいいかしら。これからお茶会があるの。お手伝いに寿子さんも連れていくから、映一人だけじゃ大変かと思って」

「はい、もちろん……あれ、夏川もどこか行くのか」

玄関で靴を履き直している拓也に驚いて声をかけると、「そうなんだよ」と退屈そうにあくびをする。いかにも行きたくなさそうだ。

「今回のこと聞いた同僚にまた頭数に入れられちまってさ。さすがに懲りたから絶対に酒は飲まないって言ってあるけど」

「はあ？　アニキ、また合コンかよ。ってかその人合コンし過ぎ。むしろよくそれだけ女の知り合いいるな？」

「まあ、そいつの趣味みたいなもんだからなあ。最近ずっと断ってたけど、星川さんの連絡先教えてもらったし、一応顔だけ出してくる。早めに戻るからさ」

「私も夜には戻るわ。お夕飯は寿子さんが作り置きしてくれたものが冷蔵庫の中に入ってるから。白松さんの分もと思って二人分あるわ。どうぞよろしくね」

　あっという間に家の中から人がいなくなり、だだっ広い居間にたった二人と赤子一人になる。

　作り置きが二人分ということは、美月と一馬も夕飯には戻らないのだろう。つまりあと数時間はここに映と二人きりである。否が応でも邪な心は大きくなる。

　映はスヤスヤと眠る令人を抱きながら、重々しいため息をついた。

「何か俺、一生子育てだけして家の中から出られない気がする……」

「あ、今の思いがけず妊娠出産してしまったヤンママっぽくていいですね」

「笑い事じゃねえ。マジであの女戻ってきてくれねえと困るぞ」

　ふいに大人しく寝ていた令人がむずかりだし、「あーはいはいオムツね」と映は慣れた様子で作業する。その姿はまさしく母親としか見えず、白いフリルエプロンも相まって丸っきり若妻である。

「本当、お母さんって偉いよな。今は母親だけの仕事じゃねえんだろうけど、一日中つきっきりでストレス溜まりそう」

「引きこもってないで、ベビーカーで公園でも行けばいいじゃないですか」

「あのなあ。ここいらじゃうちは有名なんだぞ。この子のこと、どう説明すんだよ。うちの三兄弟誰も結婚してねえのに、子どもがいたらおかしいだろうが」

　それは確かにその通りである。えらいスキャンダルとなって情報は近所中を猛烈なスピードで駆け巡るだろう。

「でも、これだけ赤ん坊が泣いてるんですから、もうとっくに気づかれていそうですが」

「うちは楽器やるから、家全体が防音になってるんだ。防犯のためにコンクリートの壁で囲まれてるし、家の中の騒音は外にはほとんど漏れねえよ」

「へえ……。確かに、ドアを開けるまで泣き声も聞こえませんでした」

「だろ？　そうじゃなきゃ、別の場所に移動して育ててたと思う」

「なるほど。それじゃ、この家は色々と好都合かもしれないですね」

オムツを換えて令人をソファの上に寝かせている映を、背中から抱き締める。

ずっと赤ん坊の世話をしていたためか、母乳が出ているわけでもないのに映の肌から乳臭いような香りが匂い立ち、雪也はたちまち痛いほどに張り詰める。

「ご家族、皆遅くまで帰らないんでしょう？」

「……そう来ると思った。あんた、帰ってきたときからやりたくてたまんない顔してた」

「あれ、バレてましたか」

隠していたつもりだったがやはり映には通用しない。それなら話は早いとばかりに唇を奪い、胸元に手を突っ込んで弄る。

「まだ出ませんか、母乳」

「百人赤ん坊あやそうと出ないもんは出ねえよ」

嫌がって身悶(みもだ)える映。しなる体が余計に悩ましく、下腹がますます硬直する。

「映さん、エプロン似合いますよ……最高です」

「おい……汚すなよ。これ母親のなんだから」

「汚したら洗えばいいじゃないですか。令人におしっこ引っ掛けられたとでも言えば自然ですよ」

欲に任せて映の着物を剝(は)ぎつつ赤い唇をひっきりなしに吸う。白い目元が赤らんできて、映も少しずつ興奮している。普段やらない作業に追われているためか疲れた表情に見えるが、それがまた色っぽい。

「はあ……何か、あれだ。子ども産んだ女が旦那(だんな)に嫌気が差すの、ちょっとわかるぞ」

「何ですか。したくないんですか」

「そうじゃなくてさ……雪也、令人のことやらしいことの理由にしか使ってねえっていうかさ。子どもいて生活変わってんのに、相変わらず性欲満々っつうか」

「当たり前じゃないですか。だって、俺たちの子どもじゃないんだし」

「でも、こう……世話してるうちに情湧(わ)くじゃん。女は産後尚更(なおさら)母性に傾いてんだろうから、以前と変わらず女の部分求めてくる旦那が面倒になるんだろうなあって」

思わず笑みが浮かんだ。令人が懐いてしまうのも道理である。

「やっぱり、映さん母性があるじゃないですか」

「ちげえよ、そういうんじゃない」

「それは紛れもない母性ですよ。あなたはその子を産んだわけでもない、見ず知らずの女に押し付けられた厄介な代物なのに、すでに愛情を持って育てている。俺にはそんな感覚はありません」

「雪也だって、俺みたいにやたら懐かれて世話してりゃこうなる。こいつ、誰かが世話しなきゃ一日だって生きていけないんだぞ。自分の手に命がかかってる。そう思ったら気持ちも移るさ」

「俺は冷酷なんで、そういうことに感情は動かないんです。自分がそういう状況に陥ったらさっさと世話できる人か施設に預けますね。夏川家には事情があるんでしょうが……」

「そんなことねえよ、雪也だって、……」

尚も主張しようとする映の唇を強引に塞ぐ。

赤ん坊の話を延々としたいわけではない。ただ雪也にとって興味があるのはこの赤子の存在によって映がどう変化するのかだけだ。

映には確かに母性が存在すると思う。元々備わっていて、それが令人の世話をするうちに大きくなったのだろう。女に生まれても、自分の子どもにすら愛情を抱けない人間がいるのが現実だ。それに比べれば、映のこの情が母性でなくて何だというのだろう。

（あなたは優しい……否定するだろうが、目の前で助けを必要としている存在を見捨てら

れない……たとえ面倒なことになるとわかっていても）

こうして自分が今も映の側にいるきっかけとなったあの出会いだってそうだ。普通倒れているところを助けはしても、その後の面倒までは見ないだろう。トラブル体質で慣れているとはいえ、映は本能的に弱い人間を守りたいという、母性とも呼べるものが人よりも強いに違いない。

令人の寝ているソファを揺らさないよう、雪也の愛撫に身を委ねながらも気を遣っているのが感じられる。白いエプロンの下の柔肌を桃色に染めながら、喘ぎ声を堪えている姿がたまらなく扇情的だ。

「何だか本当に……新婚夫婦みたいですね」

「あんた、こういうプレイ、好きだよな……」

「はい。エプロンはいつかぜひ実現したいと思っていました」

「真顔で言うなって……」

下着を剥き、普通の新妻には決してついていない可愛らしく実り立ったものを遠慮なく頬張る。映は息を荒くするだけで、声は上げまいと唇を噛んでいる。

更にいじめるようにローションに濡れた指を尻の狭間に押し込みながら、雪也は思うままに映のものを強く吸い、喉の奥まで含んでしゃぶる。

映の太ももに力が込もったのがわかる。後ろが覿面に弱い映がこの刺激に耐えられるわけがない。必死で着物の袖を噛み頬を震わせているのが可愛くて堪らず、ひどく興奮する。

いつか映にフェラチオが上手くなったことを揶揄されたことがあった。けれど自分にとってこれは映の肉体だからすべて愛おしく興奮するものなのであって、男の部分だから好きなのではない。

（しゃぶるって行為は赤ん坊の頃にやってたせいか、癖になるもんだな……映さんのが口に含むのに丁度いいサイズっていうのもあるが）

などと言えば自称男役の映は憤慨するだろうか。

ペニスの付け根辺りにあるコリコリとした前立腺を執拗に揉み解しながら、括約筋を緩めていく。映は受け入れることに慣れ切っているので本当はこんなに準備は必要ないのだが、やはり少しも苦痛や違和感なく快楽だけを感じて欲しいので、いつも過剰に指で弄ってしまう。

「はぁ……ゆ、雪也……、もう……」

「欲しいですか」

刺激に溺れて涙目になっている映がうんうんと頷くのが可愛い。雪也もとっくに限界は超えているので、下肢を露出してローションを塗り、性急に突っ込もうとする。

「えっ、ちょ……、おい」

「大丈夫ですから」

　中で出されることを危惧した映が抗議の声を上げかけるのを、唇で塞いでそのまま押し込む。

「っ……、ふ、ぅ……ッ」

「……いい、ですね……相当、欲しがってる動き、ですよ……」

　ぬかるんだ道を掻き分けて一気に奥まで突き入れると、腸壁がぐにゅぐにゅと蠢いて盛んに雪也のものを締め付ける。

　白いエプロンが映の突起の上に被さり、軽く雪也が揺すぶる度にフリルが可憐にひらめくのに興奮する。

「は、あ……、あんま、揺らすな……令人、起きちゃう……」

「大きいソファですからそこまでダイレクトに振動は伝わりませんよ」

「で、でも……は、ふぁ、は……」

　赤ん坊が起きないか気にしながらも、大好きな最奥の粘膜をぐちゅぐちゅとこね回してやると、映の瞼は痙攣し、胸の辺りから上がサッと紅潮して恍惚としながら快楽を味わっている。

「はぁ、は……好き、ですね、本当に……奥まで、入れられるのが……」

「んん、く……、あ、は……だって、んな……奥まで、入んの、雪也、だけ……」

涎を垂らさんばかりの蕩けた顔をしながら名前を呼ばれると、頭が一気に熱くなり、雪也ももう止まらなくなる。

「こんなに、白いエプロンなんかつけて、母親役やってるのに……あなたは、どこまでも淫乱ですね……」

「んぅ、ふうっ……、だ、って、しょうがね、だろ……、気持ちい、んだからぁっ……」

ずんずんと間断なく小刻みに腰を入れると、いよいよ自我が曖昧になり呂律も怪しくなり始める。

それでも合間合間にハッと我に返り、令人が起きていないか隣に視線をやるのがいじらしく、もっと攻め立てて何もわからなくしてやりたくなる。

エプロンの下に手を突っ込んで乳首を転がしながら、腰をゆっくりと回して尻を刺激しつつ、映の顔を凝視する。

映は普段も可愛らしく美しい顔をしているが、セックスの最中に感じているときが最も魅力的だ。もちろんそれは、今では自分しか見ることのできない表情なのであり、自分が独り占めしているのだという優越感のために一層愛おしく見えるのかもしれない。

子猫のような甘えた造作の目鼻立ちが、雪也の与える快楽によって歪み、潤み、震え、紅潮し、そしてときに苦痛にも似た表情で激しく絶頂に飛ぶ。

今の状況では行為に没頭することが難しいため、完全に理性を失った顔を見ることはで

きないが、赤ん坊がいるために集中できず、中途半端に気が散って、快楽と自意識の狭間で葛藤(かっとう)している様が最高に興奮する。

「あ、ぁ、だめ、だめ、雪也、それっ……」

「だめじゃないでしょう、好きなんでしょう」

「だ、だって、そんな、一度に、強く……、あ、ふ、んぅ、う」

勃起(ぼっき)した乳頭を摘まみ、転がし、コリコリと強めに揉みながら、痩軀(そうく)をソファに押し付け本格的に腰を振る。

映は赤く火照った頰を涙と汗に濡らしながら、いやいやと言うように頭を振り、エプロンを精液や先走りでぐちゃぐちゃにして身悶える。

映が我慢し抑えている喘ぎ声よりも、肉と肉の合わさるパンパンという音と、ローションの掻き回されるグッチャグッチャという水音の方が大きく室内に響く。日常生活ではここで家族たちが団らんし、お茶を飲み、テレビなど見ながら和やかなひとときを楽しんでいるのかと思うと、雪也のサディスティックな心が打ち震える。

「はぁ、ああ、最高です……もう、俺も、イきそう……」

「あ、え？　あ、だめ、雪也、だめだからなっ……！」

雪也の意図に気づいて、映が狼狽(ろうばい)して顔を歪める。そんな表情では逆効果と知っているのだろうか。

「大丈夫です、エプロンがあるじゃないですか……」

「こ、こんな薄いの、無理、グショグショになるっ」

「洗えば一緒ですよ……どうせだし水浸しにしちゃいましょう」

「やあ、やめ、あ、あ、ぁ」

慌てる映を黙らせるように、射精に向かって激しく腰を振る。映は声を抑えるために必死で袖を嚙み締め、ソファを大きく揺らすまいと腕で踏ん張るのに集中している。

「はぁ……、あぁ……出しますよ、……っう、あ……」

「ひ……、あ、……ぁ……あ」

深々と突き入れ、最奥で射精する。

映はか細い声を上げ、雪也の精液を腹の奥に受け止め、ヒクヒクと痙攣し、エプロンをずぶ濡れにした。

よほど力を入れていたためか、ひどくぐったりとしてしまった映に代わり、雪也がテキパキと後始末をする。汚れた衣服を洗濯し、ソファや周辺のフローリング、絨毯を綺麗に掃除して、空気清浄機のスイッチを入れ換気扇を回す。

本当は一度ではなくいつものように二度三度と挑みたかったが、やはりあまりに映が無理をしているので、そこは自制した。

雪也が忙しく動いているのに反応したのか、セックスの最中は熟睡していた令人が目を覚まし、映が目の前で振る音の出る玩具(おもちゃ)にキャッキャと笑って手を振り回している。

それを優しい目で見守る映はまさしく聖母であり、雪也はその光景を見ているだけで下腹が疼(うず)くのを覚えた。

＊＊＊

翌日、早速二人は調べた病院へ出かけた。

星川カナの言っていた通り場所は中野区で、近年近場で移転したらしく病院の建物自体が新しく清潔感がある。

かなり大きな総合病院で、もし内科とわからなければ人探しはそれなりに骨が折れただろう。彼女は本当に素晴らしい情報提供をしてくれた。

しかし、病院へ向かう道すがら、映はずっと浮かぬ顔である。

「あー、心配……」

「まあ、本人がいればラッキーだと思いましょう」

「いや、そうじゃなくて……」

どうやら家に残してきた令人が気になって仕方ないらしい。寝ている隙(すき)に素早く出てきたが、映がいないと悟った瞬間に泣き喚(わめ)くのは必至だ。

我が子を案じるような横顔に、すっかり母親になってしまったと内心飽きもせずに興奮しつつ、雪也は宥めるように微笑んだ。

「大丈夫ですよ。確認次第寄り道せずに戻れば、せいぜい不在時間は三、四時間ほどでしょう。すぐに帰れるんですから」

「だけどさあ……」

口をとがらせて不満を言いかけるが、思い直したようにひと呼吸つく。

「まあ、いい機会だと思うか。これで他の家族にも慣れてくれるといいんだけど」

「そうですよ。いつまでも映さん一人じゃいずれ限界が来ます」

「まあ、その前に母親本人が引き取りに来てくれればいいんだけどな」

院内に入り、ロビーを見回す。平日の昼間だがすでに多くの患者がおり、スタッフも忙しそうに立ち働いている。

「内科だっけ?」

「ええ、そのはずです。ええと、内科は……」

病院内の表示を見つけて「こっちですね」と移動する。

内科は見たところなかなか忙しそうで、十人ほどの患者が順番を待っている。受付にいるスタッフや廊下を歩いている人たちの胸の名札をチェックしつつ、映がふと首を傾げている。

「なあ。何か、医者と看護師と、技師とか他のスタッフとの区別、つかなくねえか」

「そうですか？　まあ、確かに……白衣を着ていれば医師だとは思いますが」

「前はさ、看護師っていえばナースキャップだったよな。それ被ってないんだわ」

映の言う通り、この病院では見慣れたあの帽子を被っている看護師がいない。未だにテレビドラマでは看護師はおなじみのキャップを被っているが、近年は使用しない病院も増えているのだろうか。

「まあ、内科周辺にいる女性を観察すれば大丈夫ですよ」

「うん、そうだよな……しかし、昼休みとってたりするかもだし、適当にその辺の人捕まえて直接聞いた方が……」

そんな会話を交わしつつ、氷川麻衣のことを訊ねるタイミングを量っていると、ふとそのものズバリの名前が目に飛び込んできた。

だがしかし、すぐに声をかけるわけにはいかない。その名札をつけていても、彼女は恐らく氷川麻衣本人ではないからだ。

そう考えなければ辻褄の合わない現実が、そこにあった。

「氷川、って……同じ職場でカブるほどメジャーな名字じゃねえ、よな……？」

「ええ、そうだと思いますが……」

二人は思わず顔を見合わせる。

今目の前で『氷川』という名札をつけ忙しく立ち働いている女性は、小柄で細身、脂気のない白い顔で、狐のように細い目に銀縁の眼鏡をかけている。下ろせばかなり長いだろう黒髪をお団子にしてきっちりとまとめている。

どう見ても、数日前に会ったあの女と同一人物ではない。

「え……何か違くない？　うちで見た氷川麻衣と違くない？」

「だいぶ違いますね……整形でもしたんでしょうか……」

「いや、あれ整形どころじゃないだろ。骨格からして違うだろ。生まれ直さないと無理なレベルだって。ていうか普通に別人じゃねえか、おい」

掛け合いの時間が無駄に思えるほどまったくの別人である。しかし、彼女が紛れもなく拓也の合コンにやって来た『氷川麻衣』なのだ。

それでは、夏川家にやって来たあの女は、一体誰なのか。

二人の間に嫌な空気が流れる。

どうやらこれは、一筋縄ではいかない事件になりそうな気配である。

木平紗英

「え……私に、子ども？」

繊細な風貌の氷川麻衣は、更に神経質そうに顔をしかめる。

意を決して麻衣に直接声をかけ、状況が状況なので、彼女の体の空く時間を待って院内の食堂で向かい合っている。ランチ時を過ぎたので食堂はガランとしていて、お茶を飲み雑談している人らがまばらに点在しているだけだ。

映たちは話が複雑になりそうだったため変に婉曲的な言い回しはせず、こちらが探偵であることを明かした上で、必要な情報をそのまま打ち明け、彼女の反応を待った。あの女と目の前の氷川麻衣本人は、直接的にしろ間接的にしろ、必ず何らかの繋がりはあるはずだからだ。

あなたの名を騙って、こちらの身内との間にできた子だと赤ん坊を連れて女がやって来た、と話すと、麻衣はひどく困惑した顔で映と雪也の顔を交互に凝視した。

「一体何のお話をされているのか……私は結婚もしていませんし、子どもも産んでいません」

「ええ、そうですよね。すみません、いきなりおかしなことを言って……」

身に覚えのないことを突然見知らぬ男二人から話されれば、そう答えるしかないだろう。

中性的な顔立ちで安心感を与えやすい映が相手に寄り添う役になり、話の進行を雪也が担ういつもの流れになる。

「私どもも困っていて、それで彼女が名乗った名前を頼りにあなたのことを知ったんです。実際にこうしてお会いするまでは、家に出向いてきた女性本人だと思っていましたが、まったくの別人でしたので……」

「当たり前です！　一体誰なんです、その人は」

当然のことだが、麻衣はひどく憤慨している。

「私のことを恨んで、貶めたいと思っている人がいるってことですよね。そんなの、黙ってられません。その人と話をさせてください」

「ええ、ですから、私たちも彼女の居所を探している最中なんです」

「そんな……手がかりは名前だけしかないんですか。他に何か残していったりとか」

それはとっくに調べている。氷川麻衣と名乗った女が残していったのはどこにでも売っていそうなオムツや量産品のベビー服で手がかりにはならない。

「そうだ、映さん、彼女の似顔絵描けるんじゃないですか」

「え?　似顔絵……あ、ああ、そうだな」

たった少しの時間向かい合っていただけなので、さほど詳細には描けない。だが、何もないよりは確かにマシだろう。あの女はなかなか特徴的な外見だったので、似ている誰かがいればすぐに気づける程度のものは描けるはずだ。

雪也がひとっ走りして売店で紙と筆記用具を買ってきて、映がその場で記憶を頼りに描き出していく。

「ああ、そうですそうです、こういう顔でした」

「マジ?　ちゃんと描けてる?」

「そっくりですよ!」

映がデッサンを進める横で妙に興奮しながら合いの手を入れる雪也。元々映の絵のファンだったので正直褒め言葉に信憑性はないが、雪也も記憶力はあるので、そっくりとまで言うならば、似ていないということはないのだろう。

「できました。こんな感じの女性だったんですが……見覚えはありますか」

五分程度でさらっと描いた似顔絵だが、我ながらなかなか特徴はつかめていると思う。

骨太で肩幅が広く豊かな体つき、柔らかな顔つきで、下がり眉に大きな二重の垂れ目と小さな口、大きいが形の整った鼻。化粧は薄く、ナチュラルな印象。肩までの緩くカールした髪。

三十半ば頃の顔そのものは端正と言える美人顔で、少し眠たげな、鈍重なイメージ。

「どうですか。こういう方が周りにいるか、あるいは以前会ったことがあるとか」

麻衣は似顔絵をじっと見つめてしばらく考え込んでいたが、やがて顔を上げてゆっくりとかぶりを振った。

「この方、会えば印象に残る方だとは思うんですけど……見覚えありません」

「そう、ですか……」

思わずがっくりと肩を落とす。氷川麻衣本人からは、どうやら有力な情報は得られなそうだ。

映の落胆ぶりを見て、麻衣は白く細い指先を揉み、悔しげな顔をする。

「私だって知りたいです。一体誰が私の名前を騙ってそんな非常識なことをしているのか……この人、今だって私の名前でおかしな話をそこら中に振りまいているかもしれないじゃないですか」

彼女の不安ももっともである。しかも、ただ名前が一致しただけでなく、『氷川麻衣』と拓也がどういう出会いをし、どんな関係であったのかまでもあの女は知っていたのだ。

「あの、念の為伺いますが、氷川さんに個人的に恨みを抱いている方というのは……思い当たりますでしょうか」

「私なんかを恨んでも何もないと思いますけど……少なくとも、ここ数年、友人や同僚と大きな諍いを起こしたことはありません。ただ、私が気づいていないだけで、相手が一方的に恨みに思っているかもしれませんし……それは私には断言できません」

そうですよね、と映は頷く。

彼女の言い分は正しい。誰がどんな理由で自分を恨むかなどわからない。それこそ、こちらが想像もしなかったようなちょっとしたことで深く恨む場合もあるかもしれないのだ。

麻衣は大きな諍いはなかったと言ったが、映たちは彼女が長年付き合っていた恋人と別れたのを知っている。しかし、その場合恨みに思うのは彼女の方だし、もしも元恋人の婚約者の女が麻衣を恨んだとしても、こんな形で行動を起こすとは思えなかった。何より、相手の女は勝者なのだ。麻衣にこんな手の込んだ嫌がらせをする動機がない。

氷川麻衣には夏川探偵事務所の名刺を渡し、何かちょっとしたことでもいいので、思い出したら連絡をして欲しいと頼んで別れた。麻衣本人も、こちらが何かを把握したら知らせて欲しいと念を押して仕事に戻っていった。

病院を出てタクシーを拾って乗り込み、二人は半ば呆然として視線を交わす。

「一体どういうことなんでしょう」

「わかんねえ……これで手がかりは途絶えちまった。またあの女が来るのを待つしかねえ……のかな」

「現実的には、そうでしょうね。もしも長いこと何の音沙汰もなければ、やはり恥を忍んで警察に相談するべきだと思います」

映は重々しいため息をつく。しかし、雪也の言う通りだ。いつまでも、誰の子どもかわからないような赤ん坊の面倒を見ているわけにはいかない。

「けど、何であの女、氷川麻衣を名乗ったんだと思う？」

「さあ……見当も付きません。でも、夏川と子どもができる可能性を含む出会いだったわけじゃないですか、氷川さんは。そこを利用したかったんでしょうか」

「まあ……そうなんだろうな。それで、自分の子どもを置いてったってことは、やっぱ恨みがあるとすればアニキの方なのかなあ」

「夏川本人があの調子ですからね……まったく見知らぬ関係のはずはないと思うんですが、あいつが全然覚えていないのが困りましたね」

「まったく見知らぬ関係、か……」

見知った関係であり、拓也が単純に忘れているだけならば、そちらの方が簡単だ。『見知らぬ関係』にもかかわらず恨みを抱かれたとすれば、それはかなり複雑な状況になる。

「結構前だけど、何か事件あったよな。ネット上のイザコザで、会ったこともない相手を恨んで、実際に殺しちまったやつ」

「ああ。そういえばありましたね……まさか、夏川が実際に面識はないけれど、そういうネットで恨みを買ってこんな仕打ちを受けていると？」

「そういう可能性もあるかなと。まあ、アニキがＳＮＳやってるか知らねえけどな。帰ったら聞いてみるか」

「ネットですか……その可能性は考えてなかったな」

雪也は顎に指を当ててしばらく沈思する。ただ考え事をしているだけなのに、そんな何気ない横顔も恐ろしく絵になる、などと思ってしまう。こんな外見の相手ならば誰も忘れることはないだろう――と考えるものの、拓也ならばわからない。あの兄自身が興味を抱けなければ、その顔がどれほど整っていようと記憶には残らないだろうから。

「しかしネットとなれば更に面倒なことになりますね。あそこはまた現実とは違う人間関係が構築されていますから」

「ああ、そうだな……雪也もそういうのある？　アカウント持ってたりすんの」

「俺はないですね。ネットはもちろん重要なマーケットですので毎日見ていますが、自身の居場所をそこに作ることはないです」

「だよなあ。俺もないわ。何か面倒だし……ハマっちまっても困るしな」

「映さんはやらない方がいいですよ」

雪也が即答する。

「な、何でだよ」

「出会い系アプリなんかにハマったら目も当てられません。恐ろしいことになります」

「いやいや、いくら俺でもそこまで馬鹿じゃねえし！　あんなもん実際に会ったら全然違う奴だったりしそうじゃん」

「おや、結構知ってるじゃないですか。もしかしてもう使ってたりするんじゃないですか」

「使ってねえって……俺マメじゃねえからいちいちスマホチェックすんの無理だよ」

と言いつつ、少し興味はある。

今となってはそういう気持ちもあまり起きないが、雪也にあまりに干渉されて息苦しさを感じていたとき、手元の端末で相手を探そうかと思ったこともほんの一瞬あった。けれどこの鼻のきく番犬がそれを見逃すはずもない。そう考えてすぐに諦めたのだ。

何やらこの件に執着しそうな雪也をのらりくらりとかわしているうちに夏川家に到着する。

玄関のドアを開けるとすぐに令人の泣き声が聞こえてきて、映は慌てて草履を脱ぎ、懸命にあやしている寿子の元へ駆け寄った。

「ああ、映坊ちゃん！　よかった、助かりましたよ」

「ごめん、寿子さん。この子、ずっとこうだったの？」

「ええ、まあ、何とかミルクは飲んでくれたんですけどねえ。ちょっと眠そうにしても、すぐぱっちり起きて映坊ちゃんを探して、いないとわかって泣くの繰り返しで……」

「ああ、もう、やっぱり……本当にごめん。大変だったよね」

映が令人を抱くと、真っ赤な顔をして泣いていたのが嘘のように泣き止み、上機嫌そうな顔で笑みすら浮かべる。

涙で濡れた真っ赤な丸い頰が愛おしい。指先で拭ってやると、もみじのような手で映の指を摑み、キャッキャと喜んでいる。

そんな令人の愛らしさにきゅんとしてしまうこの感情は、雪也には否定しているがやはり母性なのだろう。

「お前さあ……何で俺なんかがいいんだよ」

思わずそんな風に語りかける。汚れのない真っ黒な目で映を見上げる令人は、当たり前のことですがとでも言わんばかりの表情でキョトンとしている。

「お前の本当のママ、なかなか戻ってこねえなあ」

「……何だか、いっそその方が幸せなのかもしれませんけどね」

横で見ていた雪也がふいに呟く。

「こんな風に自分の赤ん坊を平気で置いていけるなんて、普通じゃありませんよ。いっそ施設とか、他の子どもが欲しい夫婦に養子として育ててもらうとか、そっちの方がずっといい気がします」

「それは、な……。俺たちの決めることじゃねえけどな」

顔がそっくりなので、十中八九、令人はあの女が実際に産んだ子どもなのだろう。けれど、親しくもない家に置き去りにできてしまう神経は、やはり一般的な母親のそれとはかけ離れている。

とっくに情は移ってしまっているので、この子には幸せになってもらいたい。けれど、
実の母親が育てることができるのなら、それに越したことはない。

映が令人の面倒を見、雪也が傍らでラップトップを開き仕事をしつつ、拓也の帰宅を待つ。すっかり夏川家の広間が事務所代わりのようになっているが、当然この先長いことこうしているわけにはいかない。事務所にいても依頼客が来ることはごく稀なのだが、あまりに何日も不在にしていては蜘蛛の巣が張ってしまう。

夜になり会社から帰宅した拓也に、夕食の後、氷川麻衣との顛末を説明する。

現在、夏川家には麗子も仕事から帰ってきており、美月はバイト、一馬は一度帰宅したがアトリエに籠もって戻ってきていない。

氷川麻衣がまったくの別人だったという事実に、さすがの拓也も顎を外したように驚き、しばらく絶句していた。

「ええ……じゃあ、あの名前、嘘だったのか」

「そうらしい。でも、氷川麻衣が合コンでアニキと会って酔っ払ったのを介抱したことまであの女は知ってた。だから、アニキ周辺の事情を把握できる位置にはいるはずなんだ」

「……だよなあ。俺が思い出せればいい話なんだよな……」

「と思ったんだけど、もしかするとネット関係の可能性もあるって雪也と言ってたんだ。アニキ、何かSNSとかやってる？　アカウントいくつか持ってたりとか」

「え？　あー、そういうのはやってないよ」

　拓也はあっけらかんと答える。

「一応作ったりはしたんだけど、続かなかった。美月は結構やってると思うけど」

「あら、楽しいわよ。私演奏会のこととか、色々イベントのことも更新したりしてるの。すぐに反応が来るし、ああいうのってクセになっちゃうわよね」

　横で話を聞いていた麗子が口を挟んでくる。その想定外の反応に映は目を丸くした。

「母さん、そういうのやってるんだ。びっくりした……」

「あら、そんなに意外？　今猫も杓子も皆やってるじゃないの」

「そりゃそうだけどさ。母さんは興味ないと思ってた」

「あらー、失礼ね。これでも流行りのものは好きなんだから。今じゃテレビよりネットの方が何だって情報が早いじゃない。テレビ番組だってネットで見られることをわざわざそのまま流したりして。最近の子が全然テレビ見ないのもわかるわよ」

映がこれまで抱いていた母の印象とは随分違う言葉の数々に、思わず目を白黒させる。

母麗子は旧華族の家柄の出で、古くから続く琴の流派を受け継ぐ、現代では絶滅危惧種のようなお姫様と思っていたが、映よりもよほどこのネットの情報社会に適応していたらしい。

雪也は麗子の話に興味を抱いたのか、身を乗り出して質問する。

「でも、意地悪な反応なんかあったりしませんか。それとも、身内だけに見えるアカウントですか」

「ううん、鍵はかけてないの。一応うちの流派の公式という設定だしね。今はやっぱりネットでも活動していないと、若い人が入ってこないのよ。皆そういうところで興味を持ったりするんだもの。伝統的なものって、受け継いでくれる人たちがいなきゃ簡単に廃れちゃうの。だから、積極的に時代に合わせていかないとね」

「なるほど……。素晴らしいお考えですね」

「それに、意地悪な反応、だったかしら？　おかしなことは今のところないわね。それほどたくさんの人に見られているわけじゃないから。ああいうのはフォロワーさんの多い芸能人とか、そういう人に来るんじゃないかしら」

年齢不詳な外見も相まって、この人は一体いくつなのかと思うほど時代に順応している。

感心する映だが、そういう環境に慣れてしまったが最後、スマホやパソコンが手放せない生活になりそうで、それはそれで窮屈で嫌だった。自分がその世界の住人になってしまえば、こんなことも思わないのだろうが。

「でもさ、最近色々あるじゃん。一般人でも、不用意な投稿が変に拡散されちゃって炎上とかさ。中学生とか子どもでも」

「ああ、あるな……本名から住所、学校名まで晒(さら)されて、生活メチャクチャにされちまうんだよな」

「俺、本当そういうのが怖いよ。十代の頃そういうのにハマってなくて心底よかった。絶対何かやらかしてたもん。今じゃ小学生とかでも普通にやってるじゃん、ああいうの」

「確かに、映さんは子どもの頃から色々と引き寄せそうですから、何か事件にでもなったかもしれませんね」

「映はほんっっっっとうに昔っから可愛(かわい)かったからなあ……確かに有象無象が寄ってきただろうな。生まれた瞬間から、宝石のように光り輝いていたからなあ」

生き生きとし始めた拓也を横目に、また始まったという顔で映はため息をつく。麗子は映の反応に気づいていないのか見えていないのか、微笑(ほほえ)ましい兄弟愛を見るようにニコニコしている。というよりも日常の風景だったので、違和感も何も覚えなくなってしまったのかもしれない。

「うふふ。拓也は本当に映が大好きねえ」

「当たり前だろ母さん！　映を愛さない人間なんてこの世に存在しないよ！」

「あらあらまああ。拓也はずっとこんな調子ね。映も、昔から今とそんなに変わらなかったけど」

「え……そうなんですか」

麗子の話に、雪也の目がキラリと光る。

「映さんはどんな子どもだったんです？」

「映はねえ、とにかく言葉が早かったのよ。ほら、赤ん坊って歩くのが早い子とか、すぐお喋り（しゃべ）りするようになる子とか、色々でしょう。早い時期に歩けるようになる子は一般的に運動神経がよくて、お喋りが早い子は頭がいいなんて言ったりするわよね」

「じゃあ、映さんはその頃から神童という感じだったんですか」

「神童っていうか、エンジェルかな！　この世に舞い降りたたったひとつの希望ってところさ！」

「あー、アニキは少し黙ってようか」

様子がおかしくなってきた拓也を鬱陶（うっとう）しげに牽制（けんせい）する映。

麗子はやはりそれを何とも思わない顔で話を続ける。

「本当に映は早かったの。拓也も早かったんだけどそれ以上ね。気づいたら大人みたいに喋るようになっちゃってて、家にある本とか街中で見る看板なんかで、漢字もすぐに読めるようになってね。本当、誰が教えたのかしらって思うようなこともスラスラ喋っちゃうのよ」

「そうだっけ……あんまり覚えてないけど」

「そうよ。本当にお利口さんだったの。だけど、同時に動き回るのも早くって、とにかく手のかかる子だったわあ。よく生きてたなと思うほど危ないことも何度かあったのよ。男の子ってそういう話よく聞くけど、それとはまた別の種類の厄介さっていうかねえ……」

「ああ……何だかわかる気がします」

深く頷く雪也を軽く睨みつける。どうせ昔からトラブル体質だったのだなと勝手に納得しているのだろう。悲しいかな、その通りなのだが。

「俺とは歳が少し離れてたのにさあ、映はすぐ俺よりもずっとたくさんの言葉を喋るようになっちゃったんだよ。知識も俺より豊富でさ。まあ天使なんだから全知全能って感じで全然ふしぎじゃなかったけどな！　映は特別な子どもだったんだから」

「いや、それは言い過ぎだろアニキ……」

拓也の大げさな口ぶりに顔をしかめる。

「俺だって普通の子どもだったよ。友達とケンカもしたし、先生にイタズラして怒られたりしてたし」

「そりゃそういう部分だってあったさ！　赤ん坊の頃は俺がお前のオムツ換えたりしてたんだから！」

「そういう話はしなくていいから」

しまいにはオシッコウンチまで賛美し始めそうで、無理矢理話を制止する。

ふと、傍らでぐっすりと寝ている令人を見て、映はため息をついた。本当に映以外に懐かないことを除けば、よく寝るし、食べるし、育てやすい赤ん坊である。

「令人はどんな子に育つんだろうな」

「母親には似ないといいですけどね」

雪也の返しに苦笑しながらも頷く。人間は親からの遺伝よりも、育った環境からの影響が人格の大きな割合を形作るという。それが本当ならば親がどんなにおかしな人間でも、そう悲観することはない。ただ、再びあの女の手に戻り育てられるのかと思うとかなり不安にはなる。

「なあ、それじゃこの先、どうやってあの人のこと捜せばいいんだ」

至極もっともな質問を拓也に投げられ、映は腕を組んで唸る。

「今のところ……打つ手はねえんだよな。雪也とも話してたけど、このままあの女が現れなければ、令人のことは警察に相談して、然るべき場所に預けるしかないと思う」

「まあ、そうよねえ」

麗子は緑茶を飲みながら頷く。

「本当はすぐにでもそうすればいいんでしょうけど……」

「あと数日、様子を見よう。何も状況が変わらなければ、次の段階に移る。アニキもそれでいいよな？」

「そりゃ、俺は何も文句は言えないよ……頑張って思い出すってことしかできないし」

確かにその通りだ。拓也は赤ん坊の世話も何もできないし、できることといえばあの女が誰なのか記憶を総ざらいして情報を摑むことくらいである。

先の見えない暗澹たる心地で、令人を自室のベビーベッドに移す。

さすがに連日は泊まれないと雪也は帰り支度を始めるが、眠っている令人を眺める映を見て、ふと表情を和ませる。

「映さん。子ども、欲しくなってきたんじゃないですか」

「え？　何でだよ……」

「だって、もしあの女が戻ってきたら、令人とはもうお別れですよ」

それは映ももちろんわかっているつもりだ。けれど、実際雪也に言葉にされると、どこか刺さるものがあった。

「確かに、寂しいと思うだろうな。それで自分の子どもが欲しいと思うかはわからないけど……」

「欲しいなら、作りましょうか」

真顔の返しに、一瞬思考停止する。

はたと我に返り、真面目に考えそうになっていた自分を笑う。

「いやいや……無理だろ。養子とかそういう話？」

「違いますよ。正真正銘、俺と映さんの子どもです」

「えーと、言ってることがまるでわかんねえんだけど」

「アジアが安いらしいですが、やっぱりそういうシステムがちゃんとしてるのはアメリカですかね」

「代理母ってこと？」

やけに話が具体的になってきた。

「でもそれじゃ、俺たちの子どもってわけじゃないじゃん。どっちかの、ってことになるだろ」

「同じ卵子を使って、俺と映さんの精子でそれぞれ受精卵を作って代理出産をしてもらえば、生まれた子どもたちは正真正銘、血の繋がった異父兄弟になります。その子たちを育てていれば、俺たちは皆血縁関係のある家族ですよ」

雪也の滔々とした説明に、映は唖然とした。

このなめらかな語り口は、昨日今日思いついたアイディアではないだろう。まさかこんな、今の日本では荒唐無稽といえる話を雪也が考えていたとは思いもしなかった。

「何それ……何かの受け売り？」

「そういう部分もあるかもしれません。基本的には俺の思いつきですが、調べたら似たようなものがあったので」

「考えてみたこともねえよ……よくそんなの思いつくな」

「実際にいるらしいですよ。あちらは同性婚もできますし、彼らの間ではそうやって子どもを作ることもそこまで珍しいことじゃありません」

「マジか……世界は広いな……」

それでは様々な手順を踏めば、少なくとも夢物語というわけではないのだろう。しかし、あまりに突拍子もなさ過ぎて、今の映にはまだ理解が追いつかない。

「何か、わかんねえ。そういう方法があるってことは理解できたけど、そこまでして欲しいかっていうと……少なくとも今は違う」

「俺は映さんが望めばすぐにでも行動に移せますよ。以前も言いましたが、俺は結婚だってずっと前から考えてたんです。その延長線上に子どものことがあるのは自然でしょう」

よく覚えている。去年の夏、鎌倉のレストランで初めて結婚のことを言われた。

驚きと喜びと、そして大きな戸惑いで、映はそれを信じまいとした。けれど今は、雪也が本気なのだとわかっている。

「うん……雪也なら、そうだよな。あんたの計画性、ちょっとびっくりするくらい先の方まであるよな……」

「俺は真剣ですよ」

「知ってるよ」

見つめ合う。濃密な感情が通い合うのを肌で感じる。

(今まで、こんな風に真正面から向き合った相手なんて、いなかった)

体だけの関係だったし、想いが深まる前に相手は消えていく。

思えば、人数だけは人並み以上に経験していても、真っ当な人間関係、恋愛関係というものを長く結んだことが映にはない。恐らく、一般的な同い年の人々よりも、映はそういった面で成熟していない。

「今日は帰りますが、ちゃんと考えておいてくださいね、これからのこと」

「……これからって、令人のか」

「もちろん、俺たちの将来のことです」

雪也は映を優しく抱き締め、口づけし、髪や首筋の匂いを犬のように執拗に嗅いでから部屋を出ていった。

(……結婚に、子ども、か)

そんな選択肢が自分にあるとは露ほども思っていなかった。男を渡り歩き、毎晩誰かと共に過ごしながらも、自分はきっと一生一人なのだろうと思っていた。

結婚も子どもも、そもそも願望すらなかった。けれどかつてはそれらを得ることが当然とみなされていたのだ。家を出たときすべて捨てたものの中に、そういったものも含まれていた。

そして、雪也に出会ってから、すべてが変わった。

(あんたは本当に、俺を驚かせてばかりいる……)

今しがた聞いたアイディアも普通ならば考えもつかないだろう。雪也本人とて、普通に女性と付き合っていた頃は知りもしなかった情報のはずだ。

それを、あの男は映との未来を見据えるために調べ、考えた。それにかかる費用もすべて織り込み済みのはずである。

「でも……俺には、まだ背負う覚悟も資格もねえよな……」

小さな体を呼吸に揺らしながら眠る令人を眺めながら呟く。

人の親になる覚悟も、人の人生を背負う覚悟もない。愛を自分の記録に刻む覚悟も。

そして、それらの『幸福』を手に入れる資格も、きっとまだ持っていない。

映の脳裏を横切るかつての婚約者の影。

自分が切り捨ててきた人々が皆幸せになれば、ようやく自分も、と思えるのだろうか。

まだ映にはわからなかった。

＊＊＊

手がかりを得る望みも虚しく、何事もなく、何の変哲もない日々が過ぎていく。

——という予想は、早々に裏切られた。

いつもとかなり様子の違う拓也が帰宅し、鞄も手にぶら下げたまま、ただ呆然と突っ立っている。

本物の『氷川麻衣』と会ってから、僅か二日経った日の夜。

「どうしたんだよ、アニキ。魂抜けたような顔して」

雪也は今夜は外で用事と夕食を済ませた後やって来て、その直後に拓也が帰宅したという塩梅だった。リビングでは家族が揃って食後の紅茶を飲みながらくつろいでいる。

そんなとき、拓也からぽつりと漏れた言葉に、場の空気が凍りついた。

「……あの女に会った」

——あの女。

今夏川家でその言葉が出されるとしたら、それが指している人物は一人しかいない。

「夏川……本当か」

雪也の問いかけに、拓也は子どものようにこっくりと頷く。

映はたまらず叫んだ。

「どこで⁉　どうやって！」

「俺の会社の前にいたんだ。家に帰ろうと会社を出たら、いて……」

「お兄ちゃんの会社も知ってるんだ……」

「当然だろう。合コンやら何やらのことも知っているらしいからな」

その場にあまりいないようで、麗子から逐一聞いているのか一馬も現状は一通り把握しているらしい。今自分が取り掛かっている作品のことで頭がいっぱいで、恐らく長男の不始末はさほど気にかかっていないようだが。

「それでどうした。彼女はお前と話をしに来たんだろう」

「うん、そう。そのまま近くのカフェでお茶でも、って誘われて、そこで話した」

「話したって……話すだけじゃだめだろ。ふん捕まえてここに連れてこなきゃ」

「そう、そうなんだよな。わかってる。でも、あんまりいきなりで……」

拓也は顔を歪（ゆが）め、鞄を床に落として頭を抱える。

「何なんだ、あの人。何がしたいのか全然わかんないよ……」

「お兄ちゃん、落ち着いて。カフェで何話したのよ。それは覚えてる?」

「さすがについさっきのこと忘れないって！」

美月の問いかけに勢いよくそう答えた後、ふと考え込む。どうやらすでに曖昧（あいまい）になりかけているらしい。

「名前、違うじゃないかってことは言った」

「そうそう、それだよ。で、何だって？」

「あっさり認めた。本当の名前は、『木平紗英』だって」

また新たな名前である。しかし、一度目が一度目なだけに、簡単には信用できない。

「その名前、今度こそ本当なんだろうな……？」

「わからん。ただ、出会った経緯は嘘じゃないって言ってた」

「は？　つまり、えーと……やっぱり合コンで会ったってこと？　酔っ払ったの介抱したって？」

拓也は呆けた顔で頷く。映は思わずその顔を引っ叩きそうになって必死でこらえた。

「いや、アニキさ……一体何回介抱されてんの」

「うん……俺はダメな奴だな」

「ダメっていうかさあ」

あまりにも学習能力がない。我が兄ながらどれだけ適当に生きているのかと呆れ果てる。

両親の方をチラリと見ると、映に輪をかけて呆れた様子で、すでにすべてを諦めたような悟りの表情になっていた。

雪也は苦笑いで肩をすくめる。

「介抱した女の数だけ名前が登場しそうですね」

「俺も同じこと思った……絶対今回の名前も嘘だろ……」

しかし新たに与えられた唯一のヒントである。調べないわけにもいかず、疑わしいと思いつつ、とりあえずは動かなければならない。

「で？　それで、その女あっさり帰しちゃったの」

「だ、だってあまりにも唐突でびっくりして……『令人は元気ですか』とか言ってきてさ。早く連れて帰ってくれって言ったんだけど、あなたの子どもでしょう面倒を見るのは当たり前ですの一点張りで……」

「それで何も言い返せなかったわけか……」

記憶のないことを責め立てられても、男には為す術がない。強く否定することもできずに押し切られているうちに女は去ってしまったのだろうか。

「はあ……アニキが無能過ぎてしんどい」

「ごめん……何かもう、俺も自分にがっかりだよ……」

「夏川。とにかく、今回のことがあったんだから、また女はお前に会いに来る可能性もある。そうしたらすぐに連絡をくれ。そしてどうにか女を引き止めておけ」

雪也の要求に、拓也は何度も頷く。突然の想定外の事態には覿面に弱いらしい兄に歯がゆい思いだ。そこで無理矢理にでもとっ捕まえていてくれたら、そこでこの話はすぐに解決に進んだかもしれない。

それからは氷川麻衣と同じ経緯だった。拓也の同僚の合コンマスターに木平紗英のことを聞き、彼女の友人を紹介される。そして、その友人に職場などの情報を与えてもらい、実際に足を運ぶ。

木平紗英はアパレル販売店の店員だった。彼女が働いている店舗は横浜にあり、成城の夏川家からは電車で約一時間の移動時間である。

店の人間に聞いてすぐに誰かはわかったが、案の定、あの女とは別人だった。

「どういうことですか。あたしの名前使ってる女がいるって……」

氷川麻衣と同じく、紗英も怒りを露(あらわ)にする。

休憩時間に少し話が聞きたいと探偵事務所の名刺を差し出すと、屋内の非常階段の踊り場に連れていかれた。

彼女は地味だった麻衣とは真逆で、流行のファッションやメイクを積極的に取り入れるタイプのようだ。韓国(かんこく)アイドルのような化粧をして、真っ白な肌はよく見ると首までファンデーションを塗っている。

「こういう女だったんですが……見たことありませんか」

麻衣のときに映が描いた似顔絵を見せてみるが、少し目にしただけで紗英はすぐにかぶりを振る。

「知りません。こんなゴツい人、うちのブランド着られないし」

「そうでしょうねえ」

このブランドはいわゆる十代の頃ギャルだった女子が成長して二十代、三十代になっても昔の好みを維持しつつ、年齢的にも違和感なく着られるような系統だ。今どきのビッグシルエットでありつつ、所々は締めて体のラインをかなりはっきりと出すようなデザインなので、あの女のたっぷりとした大柄な体格では、この店の服は着ないだろう。

映たちがもっと女性のアパレルブランドに詳しければ、実際こうして出向く前に木平紗英はやはり別人だと気づいたかもしれない。

「何で全然会ったこともない人にあたしの名前使われなくちゃいけないんですか！　それなのに、合コンでのこと知ってるとか本当気持ち悪い……」

「仰(おっしゃ)る通りです。お気持ちお察しします」

「早く何とかしてください！　他でもあたしの名前で子ども産んだなんて吹聴されてたらたまんない。これ以上のことあったら、あたし訴えますから！」

こちらが木平紗英の名を騙ったわけでもないのに、親の仇(かたき)のように睨みつけられ狼狽(うろた)える。感情が先走り冷静になれない気性のようなので、このまま話をしていても何の得もないだろう。

「すみません、最後にひとつだけ。酔っ払った夏川を介抱したとき、その、彼はどういう状態でしたか」

「どういう状態って……泥酔ですよ」

紗英はハッと鼻で笑う。

「カッコイイし優しそうだったから目つけてたし、正直ワンチャンあるかなと思って下心ありで介抱しましたけど、全然。朝までグッスリで、しかも起きたらあたしの名前も覚えてないいんですよ。ただの酔っ払いの介抱でした」

「すみませんでした……」

別にこちらが謝る必要はないのに、映は思わず項垂(うなだ)れて謝罪する。女性からしたら合コンで出会った夜に一晩一緒にいたのに何もなかったというのは、なかなかの屈辱だろう。

もしも何か思い出したらと氷川麻衣と同じく名刺の電話番号に連絡をくれるよう頼み、紗英と別れ、帰途につく。

「やっぱりかーって感想しかねえな……」

「また振り出しですね……これ以上どうやって調査すればいいいんでしょうか」

またも暗礁に乗り上げた。氷川麻衣のときと同じく、再びあの女が拓也の目の前に現れるのを待つしかない。もしくは、拓也の記憶が戻るかだが、これは期待しない方が精神的負担が少ない。

「でも、これでやはり令人が夏川の子ではないという可能性が大きくなりましたね」

「ああ……予想通り泥酔で朝までグッスリだもんな」

紗英は映から見ても魅力的な女性で、そういった状況で相手もそれが目的だったのなら、普通の男ならば手を出さないのは珍しいだろう。

「それにしてもなあ……せっかくあの女本人が自ら登場したってのに、アニキの情けなさったらないぜ」

「仕方ないかもしれません。夏川は突発的な事態に弱いようですし……まあ、女性相手に力ずくで無理矢理連れ去ることもできないでしょう。下手をすると夏川の方が周りに疑われてしまう」

「多分、そういうことまで計算に入れての行動だったんだろうな、あの女は。クソ……」

いかにも鈍重そうでさほど賢いようには見えなかったが、事実こうして夏川家がまんまと振り回されているのだから、彼女の術中にはまっていることは間違いない。

「大体、何でアニキに会いに来たんだと思う?」

「さあ……正直見当がつきません。嘘の名前を名乗り続けるのも、赤ん坊を置いていったのも、夏川の子だと言っているのも……言動に一貫性がないというか法則性が見いだせないというか」

「一貫性っつうか、ひとつ共通してることは多分ある。アニキを混乱させて苦しめてることだ」

　やり方はめちゃくちゃで、なぜそんな方法を思いついたのかはわからないが、彼女には拓也しか見えていないことは感じていた。

「俺には、あの女の言動すべてが自分をアニキに認識させたいってことで説明できる気がする。令人も、多分アニキの子じゃないけどそう偽って自分の存在を強く刻みつけたいんだろうし、嘘の名前だって、アニキが本当の名前を思い出せれば騙せないわけじゃん。だから……」

「彼女は、夏川が自分を思い出すのを待ってるって言うんですか」

　雪也は映の考えを聞いて唸る。

「まあ、確かにそういうことかもしれませんが……何か他に重要なことでも隠されていそうな気がしませんか。夏川に自分を思い出させたいだけで、こんなバカげたことを続けるなんて……しかも、自分の子どもを置いていってるんですよ？」

「うん……そうなんだよな。まあでもさ、極端な話だけど、すっごいつまんない理由で人が人を殺したりするじゃんか。外野がそんな理由でとか、ちょっとしたことで、って思うような些細なことでも、本人にとっては大事だったりするし」

「それはそうですね……あらゆる可能性を考えておけばいいのかもしれません。これはあり得ないとか絶対にこうだと決めつけてしまうと目が曇ってしまうので」

かないのだ。

映は頷く。何にせよ、あの女に関してはわからないことが多過ぎる。だから推測するしかないのだ。

氷川麻衣の元恋人との情報を摑んだときには、令人は十中八九、その相手との子どもだろうと、映たちは考えていた。

しかしそれは大きく外れていた。そもそも、氷川麻衣自体がまったくの別人だったのだから令人とは何の関係もなかったのだ。

女とは次の接触を待つしかないのが歯痒(はがゆ)いが、彼女の行動を考えるとまた遠からず拓也に会いに来る確率が高い。その機会には必ずや拓也に頑張ってもらわなければいけない。

「さて、さっさと帰らなくっちゃな」

「ちょっとの寄り道もいけませんか」

「だめだって。面倒見てる寿子さんが可哀想(かわいそう)だ。あの人だって結構歳なんだから」

いそいそと駅へ向かおうとすると、雪也はあからさまに不満げな顔をする。

「ベビーシッターでも雇えばいいじゃないですか。俺が探しましょうか」

「そんな、いつまであの子がいるかわかんねえのに雇えねえよ。この状況が長々と続くってんなら考えるけど」

「早めにそうしてくれるとありがたいんですがね、俺は」

二人きりの時間がなかなか持てないのが辛(つら)いのはお互い様である。こんな状況でもやることはやっていると思うのだが、それでもだいぶ遠慮していると雪也は思っているのだろう。

「そんな堪え性なくて、よく子ども作ろうとか言えるな」

「だって次に俺たちが子どもを持つとしたら、そのときはれっきとしたパートナーですから。今とは同じ状況じゃありませんよ」

「そもそも、雪也って子育てできんのか？　何もかも映さん次第です。この前言ったでしょう」

「作ったらもちろん育てますよ。何もかも映さん次第です。したいと思ってる？」

「俺は雪也がどうしたいのか聞きたいんだけど」

車両に乗り込みながら軽い口調で重い内容の話をする。

雪也はじっと映を見つめながら、ふっと口元に柔らかな笑みを浮かべる。

「なんか、令人が来てから、真面目な話ばかりしてるような気がしますね」

「そうか？　まあ……考えるよな、色々と。全部アニキのせいだけど」

「今回夏川は疫病神以外の何物でもありませんが、俺はいい機会だったかもしれないと思ってます。今の状況はある意味非日常ですが、俺たちの未来にあり得ない光景でもない。令人の世話をしている映さんを見ていて、可能性ある未来のうちのひとつが、より具体的に見えてきたんです」

それがずっと雪也が温めてきた、海外で結婚し子どもを作る計画なのだろうか。

「俺はあの赤ん坊に情は湧きませんが、さすがに自分の子なら愛情はあるでしょう。ただ俺にとっては映さんがすべてなので、映さんが側にいてくれればそれでいいんです。ただ、結婚はいいかもしれないと思ってます。あなたとの絆をより確実なものにするために。子どもも、そういう意味で欲しいと思うかもしれません」

「本能的に思ったりしねえの？　自分の種を残したいとか」

「特に……ないですねえ」

雪也はあっさりと否定する。

「生物の本能的には自分の子孫を残したいと思うんでしょうが……多分俺と同じ顔の奴がぽこぽこ作るでしょうし、というかもうあちこちにいる気がしますし、そういう点でもあまり欲求がないのかもしれませんね。これから先どうなるかはわかりませんが、とりあえず子どもなら俺よりも映さんに似た子の方が可愛がれると思いますよ」

「……やっぱ、今は俺たちに子どもは必要ない気がするわ」

映は苦笑する。雪也は恐らくこの先も、自分自身のために子どもが欲しいと思うことはないのだろう。

雄の本能の塊のような男だと思っていたが、子孫を残したいという欲が薄いのは意外といえば意外である。本人も言う通り、弟の龍二に任せられるという気持ちがあるからこそなのかもしれない。

「でも、映さんは結婚して家庭を築くことが前提の相手がいたじゃないですか」

不意打ちの言葉に、ぎくりと固まる。

雪也から彼女の話題を出してくるとは思わなかった。

「元婚約者の女性、お母様は今彼女がまだ結婚せず銀行で働いてると言ってましたよね」

「ああ……そうらしいな」

「映さん、そのことで罪悪感抱いてるんじゃないですか」

（どうして……こう鋭いかなあ）

自分の心をあまりにも正確に把握されているというのは、怖いものだ。

何もかもをさらけ出し、もう隠す事実など存在しないとはいえ、やはりあまり雪也とは話したくないこともある。

「そういう部分はあるよ。彼女の人生、俺が変えちまったわけだし」

「でもそれは、映さんが彼女の幸せを考えたゆえのことでしょう」

「もちろんそうだ。俺なんかとこのまま予定通り結婚してたら、彼女は夫に愛されない不幸な女になってた。そういう状況にだけはしたくなかった」

「愛のない仮面夫婦なんてたくさんいそうですけどねえ。小さい頃から決められてた許嫁（いいなずけ）なんて間柄じゃ、尚更（なおさら）なんじゃないですか」

「他は知らねえけど、俺たちは親同士が仲良かったから、幼馴染（おさななじみ）みたいなもんだった。

大きくなったら結婚するのよなんて言い聞かされて、自然と受け入れてた。……あるときまでは」

　映の性的指向を変えることになった、あの出来事を暗に口にする。

「だから俺は、彼女に情はあった。幸せになって欲しかった」

「やっぱり映さんは、優しいですね……あなたのような環境の人間なら、相手のことよりもまず自分を守ることを考えそうですが」

「いや、彼女のこともそうだけど、俺自身があの家から逃げ出したかったから……単純に、捨ててったものの内のひとつってだけだ。優しいとかじゃねえ」

「それでも、優しいですけどね。今もこうして気にしているところとか」

　雪也に優しい優しいと思いと言われると、妙な心地になる。映は自分が優しいと思ったことがない。母性云々もそうだが、随分と買いかぶられているような気がする。

「でもね、映さん。女は映さんが思うより逞しいですよ。男は結構引きずりますが、女はさっさと次に行きますから。よく言うじゃないですか、女は上書き保存だって」

「そりゃ知ってるけど……。確かに俺は女のことはわかんねえな。付き合ったことないし」

「女は初めての男を忘れないとも聞きますが、あれも男の幻想です。人によるとは思いますが、俺の知る限り、そんなもん後生大事に抱えてる女なんてほとんどいませんよ。大体初めてなんてろくなもんじゃないじゃないですか。忘れたいと思ったらあっさり忘れられるのが女です」

映はまじまじと雪也を見る。

「雪也、女に何か恨みでもあんの」

「は？　ないですよ。別に攻撃的なことは言ってないつもりですが」

「いや、女嫌いなのかなって一瞬思ったわ。そんなことないのは知ってるけどさ」

「女は『今を生きる』のが男より上手（うま）いって言ってるんです。環境や状況への順応性、適応性っていうんですかね。そういう能力が男とは段違いなんですよ」

雪也の元彼女を思い出すと、確かにそうなのかもしれないと思える。一方、妹の美月や母、麗子はそこまで逞しいようにはどうも見えない。これは家族としてフィルターがかかっているせいかもしれないが。

「だからね、映さん。あなたの元婚約者の女性が、すでにあなたのことを綺麗（きれい）さっぱり忘れてるなんて言いませんが、そこまで引きずってないとも思いますよ」

「うん……。そう、かもな。引きずってるのは、俺の方だよな」

そう自分で言葉にした瞬間に気づく。

（そっか。引きずってんのは、俺か）

瞳（ひとみ）が幸せになれなければ、自分も幸せになるべきでないと感じていた。

幼い頃から彼女が将来こうなると信じて疑わなかった道を逸脱させたのは自分で、その責任があると思い込んでいた。

けれど実際は、そこまで深刻なものではなかったのかもしれない。自分が彼女の人生に及ぼした影響など、今となってはごく僅かなもので、映の時間がある意味家を出たときで止まっているだけで、彼女の時計の針はどんどん進み、過去のことなどとっくに遠いものになっているのかもしれない。

そう考えると、何やら自分が取り残されたような気持ちにもなってくる。ただ勝手にこちらが気にしていただけなのに、一人で感情が浮き沈みしている。

「会ってみますか」

「へ？」

雪也は真面目な顔で映を見ている。

「彼女の勤め先、銀行でしたっけ。どこなんです？」

「えっ、いや……親父（おやじ）さんが勤めてる銀行の名前は知ってるけど、どこの支店に勤めてるかまでは……」

「お嬢さんなんでしょうから、きっと自宅の最寄りでしょう。心当たりありませんか」

「え、それだと……広尾かな」

畳み掛けられて、思わず正直に場所を口にしてしまう。

「それじゃ、そこで降りてみましょう」

「い、いや、会うって何。ちょっと待てよ」

「別に顔を見るだけでもいいんですよ。彼女の現状がわからないから余計変な風に想像するんです」

「そんなこと……」

突然の展開に動揺を隠せない。思わず次に停車した駅に飛び出そうとして、猫の子のように首根っこを摑まれる。

「何逃げようとしてんですか」

「いや、いや、だって」

「ちょっと顔見て帰るんですから時間かかりませんよ。広尾からなら別に成城までタクシーでいいですし」

「いきなり過ぎんだろ！　こ、心の準備ってもんが……」

「それって何年くらいかかるんです？」

何を言っても雪也は止められない。

映はそのまま逃亡防止にがっちりホールドされていたので逃げられず、広尾までの道のりを連行された。

駅前の交差点を渡り目的の銀行へ黙々と近づいていく。今にもべそをかきそうになりながら、迫り来る銀行の大きな窓ガラスから目が離せない。

そして入り口を入ったところで客を誘導している数名の行員の中にその姿を見つけたとき、思わずあっと声が漏れた。

「どうしました。いましたか」

何も言えず、コクコク頷く。

店には入らず、歩道脇の街路樹の前に立って、ただひたすら彼女が働いているのを見つめる。

(変わってない……全然)

宮野瞳は、映の記憶の中にある宮野瞳のままだった。

小柄で細身な頼りない体。白い肌に目の上で切り揃えられた前髪の、真っ黒で真っ直ぐな長い髪。大人しげな目鼻立ち。育ちのよさがひと目でわかるような、大切に扱わなければ容易く壊れてしまいそうな繊細さ。

(あ、でも……化粧は上手くなった。大学に入ってから覚え始めて、肌に合わない変な色のアイシャドウとかチーク使っておばけみたいになってたな……俺がメイクしてやったこともあったっけ……。今は上手だ。自分でできるようになったのか。綺麗になった……)

箱入りのお嬢様でアルバイトすらしたことがなかったのに、こうして立派に働いているなんてと、まるで父親か兄のような気持ちで見守ってしまう。

幼馴染といっても、映の方が何倍も世慣れていて、絶望も怒りも悲しみも、この世の負の感情を体験していたのに対して、瞳は周囲に大切に大切に育てられていたので、人の悪意も知らず、世間の怖さも経験せず、純粋培養の綺麗な子どもの心のまま成長したような少女だった。

そんな彼女が映の友人に初めての恋をし、そして別れを経験し、今は父親の銀行とはいえ、社会に出て働いている。

その現実を目の当たりにして、映の中で何かが動くのを感じた。

彼女は生き生きと働いている。丁寧に顧客の対応をし、わからない様子の相手には優しく教え、何か苦情を訴えるような相手には辛抱強く聞いて真面目に対処している。

彼女は、映の記憶の中にいた、守らなくてはいけない繊細なガラス細工のようなお嬢様ではなくなっていた。自分の見せ方を習得し、社会で働く術を身につけ、きちんと両足で立っている、二十五歳の大人の女性になっていた。

「何か印象が変わりましたか」

「……うん。結構変わった」

「話してきますか？」

雪也の問いかけにはすぐに首を横に振る。

少しだけでも見ていてわかった。雪也の言う通りだった。

彼女は映が思っているほど弱くもなく、未熟でもなかった。

離れている間、映は自分が彼女にした仕打ちを悔い、そしてあんなお嬢様が一人では生きていけないと思っていた。だから意図的に恋人同士にさせた友人とはすでに別れていたと知ったとき、ひどく罪悪感を抱いたのだ。

「もう、帰ろう。令人きっとギャン泣きしてる」

「いいじゃないですか。さすがに泣き続ければ疲れて寝るでしょ」

「あんた、鬼かよ……ちょっとは母性でも育てろよ」

「いいんです、俺には映さんへの愛があれば」

何言ってんだ、と笑いながら駅の方へ引き返す。

瞳は仕事中だが、挨拶(あいさつ)くらいすればよかったかもしれない。けれど、そんな機会はこれからいくらでもあるだろう。

急ぐ必要はない。きっといつか笑って向き合い、話せるときが来る。

今そう思えるようになっただけでも、たった数分前とはまったく違う自分を発見する映だった。

名前

映と雪也は久しぶりに夏川探偵事務所にいた。

いくら閑古鳥が鳴きまくっているとはいえ、こう長い間事務所を空けるのも考えものだと判断したためだったが、今日はいつにも増して令人の虫の居所が悪く、映以外まったく受け付けない状態になっていたので、初めて子連れでの出勤である。

「っていうか、何でアニキまでいるわけ……」

「だって映のいない家に帰っても仕方がないだろう！　せっかく定時で上がれたっていうのに！」

夕方当然のように事務所にやって来た拓也に呆れながら、令人を玩具であやす。キャッキャと笑っているときは天使なのだが、他の誰かに少しでも預けようものならギャン泣きなので今日はつきっきりだ。

「どうしてそんなお兄ちゃんを邪魔者扱いするんだ。こんなに映を愛しているのに！」

「だってアニキがいても令人の世話してくれるわけじゃないし、あの女のことは思い出さねえし……」

「令人は俺が抱っこしたらめちゃくちゃ泣くじゃないか！　記憶のことは正直すまん」

「お前が興味のない人間を覚えられないのは知ってたが、まさかこれほど重症とは思わなかったな……」

雪也も呆れ顔で友人を眺めている。

「お前の同僚もその癖知ってたのか？　合コンなんて絶対無駄じゃないか。興味ない女が一度に何人も目の前に並んだら、お前絶対に誰一人覚えられないだろ」

「そうなんだよなあ。俺はずっと興味ないって言ってたんだ。でも町田はさあ。あ、そいつ町田っていうんだけど。俺らの同い年。あいつは女の顔だけはやたら記憶力いいんだよ。仕事はすぐポカするくせに。別に好みじゃなくても一度見たら絶対忘れないらしくてさ」

「ん……？　それじゃ、その町田って人に、映さんの描いたあの女の似顔絵を見せればいいんじゃ……」

「あれー？　またお兄ちゃんがいる……」

唐突に遠慮なくドアが開き、美月がズカズカと入ってくる。

映はまた面倒なのが増えたと疲れた表情を隠さない。

「美月まで来たのかよ」

「だーって、久しぶりに事務所行くって言うんだもん。しかも子連れで！　そんな面白い光景二度とないから見に来たの」

「正直に言われんのも腹立つなあ」

　1DKの狭い事務所に、相棒と騒がしい兄と妹、そして赤子。

　何度も騒動の現場になってきた場所だが、今回は相当イレギュラーな状況である。美月が面白がって見物しに来るのも無理はない。

「は～。あの女は行方不明のまんまだし、赤ん坊は相変わらず俺にしか懐かねえし、客は来ねえしアニキはうぜえし、最近厄日続き過ぎだろ……」

「いくつかいつものことも入ってますが、確かにこの状況は喜ばしくはありませんね」

「私だって、今散々よ。うちの家何か取り憑いたんじゃないの」

　美月は盛大にため息をついて、勢いよくソファに寝転がる。

「ほんと、今のバイト先やめたーい。人間関係腐り過ぎ」

「美月今何やってんだっけ」

「塾講師やってる。バイト代はかなりいいんだけど、もう中がハチャメチャなのよ。生徒とデキちゃってる講師いるし、講師同士も三角関係とかあってドロドロ。職場でそういう関係になるの、本当やめて欲しい。順調なときはいいかもだけど、こじれればもう空気が悪くってさあ」

「へえ。何々その話。面白そうじゃん」

「他人事だと思って！　こっちからしたら全然面白くないよ。皆同じ会社にいるんだからさあ」

「……あ」

ふいに、拓也が間抜けな声を上げる。

「何、お兄ちゃん。漏らしちゃった？」

「違う！　そうじゃなくて……何か今、思い出した」

「忘れたら忘れっぱなしのアニキが珍しいなー。何思い出したの、前世の記憶？」

「違う！　もしそうだったらめちゃくちゃすごいけど、今もっと重要なこと！　あの女が誰かだよ！」

一瞬、事務所が水を打ったように静まり返る。

これまでずっとまったく何も思い出せなかった拓也が、何の奇跡か突然あの女の記憶を探り当てたらしい。

唖然とする面々。ただ一人、拓也本人だけが興奮して目を輝かせている。

「……え。マジで？」

「マジだ。今まで合コンのことばっか思い出そうとしてたけど、そっちじゃなかった。あの女、会社の同僚だった」

「はあー？」

映は思わず首を九十度近く傾げる。雪也も美月も、同様に頭が傾いている。

「アニキ、同僚忘れるってさすがにねえぞ」

「いや、同僚って言っても、今はいないんだ。随分見かけてないし、元々部署も違ってた。顔を見かけたことがある程度だったから記憶の本当にせまーい場所に突っ込まれてた。でも何か今美月の話聞いてたらポンッて頭に浮かんできて……」

「じゃあ名前は？　見かける程度ならだめか」

拓也は俯いて少し考え込む。

「俺は正直曖昧なんだけど、町田ならきっと知ってる。合コン番長の同僚。会社の女の名前なら一通り網羅してるはずだし」

「アニキのその同僚、つくづく何かすげーよな……」

「それじゃ早速その同僚に連絡とってくれ。今まだ会社にいるなら、仕事の後ここに出向いてもらえるか？　映さんが令人を手放せないから、他に移動は難しい」

ここにきて突然の急展開である。まさかの拓也の記憶の復活に、町田という同僚の女性に関する記憶力。

ずっと膠着状態だったものが動き始めたことに、皆興奮を隠せない。

拓也が連絡をとり、同僚の合コン番長、町田が事務所へやって来たのは、それから一時間弱後のことだった。

「ちぃっす……え、探偵事務所とか入るの初めてだ」

町田は恐る恐るという具合にフロアに入ってくる。

拓也の同僚で常軌を逸した頻度で合コンを開いているというにしては、容姿も雰囲気も一般的なサラリーマンだ。身長は拓也よりやや低いくらいだろうか。さっぱりと短く切った髪は自然な暗褐色で肌はやや色黒、体つきは多少鍛えているのかほどよい標準体型で、目鼻立ちもこれといった特徴がないのが却って特徴的と言えるかもしれない。

顔は適度に整っているが整い過ぎてもおらず、今はスーツを着ているので真面目で平凡な会社員に見えるが、服装やヘアスタイル次第でいかようにも変身できそうな素材である。

「ここ、マジで夏川の弟さんの事務所なのか」

「そうだよ。俺の弟の映」

「初めまして。お忙しいところご足労いただき、ありがとうございます。こちらは助手の……白松です」

映が雪也を紹介しつつ深々と頭を下げて名刺を渡すと、町田はぼうっとしたような目で映を見つめている。

「え……全然、その、似てませんね」

「よく言われます」

「あ、じゃあ、そこの方が、妹さん？」

映の次に美月を見れば、そちらはさすがに兄妹とわかるようだ。

「初めまして。美月です」

「へえ、すごい……美人な弟さんと妹さんがいていいな、夏川」

「そうなんだよ！　わかってくれるか！」

突如高らかに声を上げた同僚を、町田は口を開けて見ている。

「映は俺の天使なんだ。可愛くて優秀でかっこよくて可愛い、俺の弟とは思えない奇跡の生命体なんだよ！」

「お前……、何か変なもんでも食ったの？」

「すみません、早速ですがこれを見ていただけますか」

拓也を押しのけ、雪也が映の描いた女の似顔絵を町田に見せる。

最初は怪訝な顔でそれを眺めていたが、すぐにぽんと手を叩いた。

「あー、この人！　唐沢みどりじゃん」

「あ、そうそう、それだ。その名前」

横で場違いなほど呑気に頷く兄を半目で眺めつつ、映は「似てるなあ、よく描けてる」と感心している町田に問いかける。

「彼女……唐沢みどりさんとは親しかったんですか」

「全然！　ただ会社辞めた理由がスキャンダラスで覚えてたんですよ。俺じゃなくても覚えてると思いますよ」

「スキャンダラス……？　横領したとか、そういう？」

「ああ、もっとドロドロしたやつです。何か、俺たちの上司と不倫してたらしくて。バレたのは、それで妊娠しちゃったらしいからなんですよ」

するとどうやら、令人はその不倫相手の上司との間にできた子どものようだ。

これでようやく繋（つな）がった。しかしそんな派手で身近な事実をずっと綺麗（きれい）に忘れていた拓也は、やはり首を傾げている。

「え……そんな理由だったっけ……？」

「もちろん表沙汰（おもてざた）にはなってないけど、知ってる奴（やつ）は知ってたよ。皆噂（うわさ）してたし。っていうか、お前よくも今まで忘れてたな！　唐沢さん、お前に告白したことあったじゃん」

「ええ⁉」

今初めて聞いたというように驚く拓也。映たちは呆れレベルがカンストし声も出ない。

「それ、お前の勘違いってことない？」

「ないない！　大体あの女怖くってさ。不倫してたのお前の直属の上司じゃんか。藤枝（ふじえだ）課長。そこからお前のプライベートなデータ貰（もら）ってたらしいぜ。噂だけど」

「え……ええ……？　そんな怖いこと、何で俺が知らないんだよ」

「それはこっちの台詞だろ。お前だって聞いてたはずだぞ。やだなあとか言ってたけど、全然気にしてないように見えたし今も忘れてるってことは、心底唐沢さんのことどうでもよかったんだな……」

町田の顔に僅かに同情的な色が浮かぶ。

確かにそれだけ執着し異常行動をとっていたにもかかわらず、ここまであっさりと忘れられてしまっては、さすがの唐沢みどりも気の毒、かもしれない。

「唐沢さんの行動は謎ですが……将を射んと欲すれば先ず馬を射よってことですか。でもそれで妊娠までしてしまったのは、彼女としても想定外だったんでしょうか」

「まあ、多分。でもそんな地雷女の思考、俺もわからないんで……」

「そういえば藤枝課長飛ばされてたけど、彼女が原因だったんだな……俺全然知らなかったぞ」

「アニキは知らないこと多過ぎ……本当、今日突然思い出したのがラッキーだったよ。これがなかったらどうなってたか」

「ああ、でも町田さんのこと聞いたとき、じゃあその人にあの似顔絵見せればいいんじゃないかって思ったので、もし夏川が思い出せなくても、きっとあの女の正体はわかったと思いますよ」

ようやく女の本名がわかった。かつて拓也の会社に勤めていたということもわかった。

長い間どうにもならなかったことが一気に解決し、映は安堵(あんど)で脱力してしまう。

「本当によかったあ……一時はどうなることかと」

「えっと……何か、深刻なことになってるんですか」

こちらの状態を何も知らない町田がおずおずと訊(たず)ねてくる。そういえば彼には度々みどりの名乗った偽名を調べてもらっていたが、細かな事情は明かしていなかった。

「まさか、あの地雷女、まだ夏川のストーカーしてるとか……？」

「あー、違う違う……って、そうなのかな？」

「何だよ、どういう状況なんだよ」

「あ、大丈夫です、深刻じゃないことですから」

兄はいつも大げさなんです、と言うと確かにと町田は納得する。

これだけ協力してもらっているのである程度のことは明かすべきだが、まだ唐沢みどりの動機もその背景も明らかにはなっていない今、みどり本人を知っている町田に詳細を伝えるのは避けたかった。

「すみません、すべて終わったらご説明します。ご協力いただいたお蔭(かげ)ですぐに解決に向かいそうですので」

「ああ、調査中ってことですね……大丈夫です、俺なんかの情報大したことないですし、部外者だし」

町田は爽やかにニッコリと微笑む。何だ合コンマスターで微妙と思ってたけどいい奴じゃん、と映もニッコリ微笑み返すと、町田の頬がぽっとほんのり赤くなる。

「あ、と、ところで、そこの赤ちゃん、可愛いですね。弟さんか妹さんのお子さんですか」

「え？　あ、この子は……」

ベビーカーの中で眠っている令人に気づかれ、一瞬緊張が走る。

まさか件の唐沢みどりが置いていった赤子ですと言うわけにもいかない。

一瞬答えられずにいると、雪也が機転を利かせて引き取った。

「いえ、この子は俺の弟の子なんです。ちょっと事情があって、今預かってまして」

「へえ～、大変ですね。赤ん坊って結構人見知りするからなあ。母親じゃないと嫌だって泣くでしょう」

「ええ、実はそうなんですよ……困ったもんです」

急遽、令人は龍二の子どもということになった。雪也の言う通りすでに隠し子の一人や二人いそうなので、皆まあいいやという空気になる。

ひとしきり雑談をして町田が事務所を出ていった後、どこかすでに問題が解決したような雰囲気になり、誰からともなく長い吐息が漏れた。

僅か数時間で、これまで何もわからなかった状況から一転、後は唐沢みどり本人を見つけるだけという作業を残すのみの段階となり、早くもお祝いムードである。

「いやあ、よかったなあ。本当安心したよ。この子も俺の子じゃないってわかったし」

「まあ正直、違うかなって気はしてたけどね。ただあーちゃんにしか懐かないのがめっちゃお兄ちゃんっぽかったから、やっぱり血筋なのかな～って思ったりもしたけど」

「ああ、その発想はなかったですね……そう言われてみれば確かにそうでしたね……」

雪也が美月の推測に感心している。確かに映もまったく考えていなかったことだった。

第一、令人と拓也では可愛さとピュアさが段違いである。

「ていうかアニキ、あの女に告白されてたってマジかよ。印象残れよ、そんくらい」

「でもさ、告白ってよくわからなくない？　今の告白だったの？　違うの？　っていう会話よくない？」

「そう言われると……様子見みたいな感じで匂わせることもあるしね」

「いや、町田さんが告白のこと知ってたんだから、はっきり告白したんだろう。夏川だけが認識していなかった可能性はあるけどな」

「アニキ、これからは告白されたらその女の名前どっかに書いといてよ。忘れないように。あと合コンで会った女の名前も」

「それめちゃくちゃ怖くないか！　やだよそんなキャラ」

「今の女に関して何でも忘れるキャラの方がヤバイでしょ！」

総出で拓也をディスりつつ、すでに何もかも終わったような空気で皆の表情も明るい。

令人は何も知らず、映にあやされてキャッキャと笑っている。この子の世話をするのもあと少しの間かと思うと、ふいに胸にぽっかりと穴が空いたような虚（むな）しさが込み上げるが、それは楽しい祭が終わってしまう寂しさと似ている。

（俺に育てる責任がない子どもだったから、こう感じるんだ。終わりのない子育てなら状況は違う）

期間限定とわかっているから、追い詰められずにいられるのだ。いつ問題が解決するのかわからなかったときには不安を覚えたりもしたが、いざとなれば施設に預けることにはなっただろうから、終わりがあることに変わりはない。

（そう、別に俺に母性があるんじゃない。子どもが欲しいわけじゃない。ただこの可愛い生き物に情が移っただけだ）

せめて母親に引き渡す日まで令人が元気でいられるよう、面倒を見よう。

そう心の中で呟（つぶや）き、映は寂しさに染まりそうになる自分を戒めた。

＊＊＊

女の本名が判明した翌日から映たちは動き始めた。

まず唐沢みどりの同僚から当時の彼女の住所を入手したが、現地へ行ってみると引っ越した後だった。

引っ越し先を知っている者がいないかと周辺で聞き込み調査をすると、赤羽の辺りらしいという情報しかその日は摑めなかった。何しろ、映が外出していられる時間がかなり限られている。

「改めて唐沢みどりの周りの人間関係漁って、今の住所知ってる奴見つけるしかねえな」

「そうですね……それに、こういうときこそ、彼女が何か開いたSNSをやっていれば簡単なんですけどね」

「あ～なるほど……写真に写った背景とかで場所特定できたりするもんな。それに行動範囲とか法則とか」

日常生活を逐一そういう場所でアップする人たちはかなり多いが、それを犯罪に使われたりする場合もあるらしい。たとえば旅行中と報告した人の家が空き巣に入られるなど、プライベートな情報を公の場にアップし過ぎるのは避けた方がいいと注意喚起もされている。

週末の夏川家は意外と家族が揃わない。美月は彼氏や友人と予定を入れているし、両親は共に仕事で家を空けることが多い。

　映と雪也が帰宅すると、令人の面倒は寿子と拓也が見ていて、相も変わらず身を捩って泣き叫ぶ暴君に疲労困憊しているところだった。

「ただいまー。ごめん、面倒見させて」

「全然いいよ。それより、唐沢さんの居場所わかった？」

「今日はまだ。でも近いうちにわかるよ。安心して」

　令人は映の顔を見ればすぐに泣き止み笑顔になる。小さな手をいっぱいに広げる仕草が可愛くて、床に座った令人の側に映も腰を下ろし、ひとしきり遊びに興じる。

「この子、来たときに比べて少し大きくなったんじゃないですか」

「え、マジ？　毎日体重量っとけばよかったなあ」

　毎日見ているのでよくわからないが、赤ん坊の成長は早いというし、雪也の言う通りかもしれない。

「っていうか、どのくらい経ってんだっけ……時間の感覚ないんだけど」

「ええと、美月さんが事務所に駆け込んできたのが始まりでしたよね。とすると……まだ半月程度なんですね」

「もっと長く感じるな……慣れないこと毎日やってたからか」

　はたと見ると、令人が照明のリモコンを口に含もうとしているのに気づいて、慌てて映がそれを取り上げる。

「こらー。それお口の中に入れたらだめだぞ。ばっちいぞ」

「令人、こっちの玩具で遊びなさい」

　雪也が令人お気に入りのボール状の玩具を渡すと、令人はそれを初めて見るような目で受け取る。やはり雪也が渡したものは気に入らないのか？　と思いきや、やがて嬉しそうに声を上げてむしゃぶりつく。

　それを見て、映と雪也は顔を見合わせて笑った。

　横から眺めていた拓也は、複雑そうな顔で頬を掻いている。

「何か、お前らって……」

　そのとき、家のインターフォンが鳴った。

　寿子が「はいはい」と走っていく。すると、モニタを見て悲鳴を上げたので、何事かと全員腰を浮かせた。

「どうしたの、寿子さん」

「あ……あの、あの人が」

　モニタを覗き込むと、映も息を呑む。

　そこに映っていたのは、何と唐沢みどり本人だったのだ。

『こんにちは』

　こちらが見ていると知っていてか、彼女は平然として話しかけてくる。

映たちは視線を交わして頷く。家に入れたら絶対に逃さないという合図だ。

門を開き招き入れると、唐沢みどりは悠々とした態度で家の中に入ってきた。リビングで一度こちらに向かって小さく頭を下げ、母親を見てはしゃぐ令人を腕に抱き、勧められてもいないのに、最初にやって来たときと同じようにソファに座る。

「ご無沙汰してます。さすがにもう令人引き取りにきました。この子元気にしてましたか」

「元気にしてましたかって、あんたな……」

まるでちょっと親戚に預けた子どもを引き取りにでも来たかのような言い草だ。母親役のようになってずっと面倒を見ていた映は、腹が立って仕方ない。

それを宥めるように雪也が背中を軽く擦る。舌打ちをして言葉を呑み込む。確かに、冷静にみどりに話を促さなければ、こんな面倒なことをしでかした理由は明らかにならない。

しかしみどりはそもそも映や雪也などまったく気にせず、拓也だけをじっと見つめている。彼女が語りかけ、耳を傾けているのは拓也一人なのだ。

「あの……唐沢さん、ですよね。唐沢みどりさん」

拓也は彼女の向かいのソファに座り、おずおずとその名前を口にする。

すると唐沢みどりは、ゆっくりと花が開くように笑った。

「ああ、ようやく思い出してくれた……」

　その笑顔は、それまで無表情に近かった彼女をまるで別人のように見せた。

　事実、彼女は拓也に本当の名前を認識された瞬間、別人になったのかもしれない。これまで他人の名を騙り他人になりすましていた自分から、本当の自分に戻ったかのように。

「どうして思い出せたんですか。ずっとわからなかったはずなのに」

「いや、ある日突然。妹がバイト先のことを愚痴っていて、会社の中の人間関係の話をして……そのとき、いきなりあなたが俺の会社にいたことを思い出した」

「……ふふ、おかしい」

　みどりは少女のように飾り気のない笑い方をする。

「夏川さんって、本当にピュアな人。ずっと変わっていませんね。あなたは誰に対しても平等に優しくて、平等に無関心だった……」

　褒めているのか詰っているのかわからないが、みどりの執着だけは伝わってくる。

　拓也はそんな彼女の態度に困惑しつつも、どうにか向き合おうと身を乗り出す。

「あの、どうして最初から本名を名乗ってくれなかったんですか」

「そりゃ、試したからです。夏川さんが私を覚えてくれているかどうか」

「試すって……何でそんなこと……」

「もちろんあなたが好きだからです。振られましたけど、私がずっと好きだったのは夏川さんだけなんです」

その言葉には長年の想いがずっしりと籠もっているのが感じられる。

熱烈な二度目の告白に、さすがの拓也もその気迫に呑まれて返事ができない。

「あなたの気持ちはもう知っていましたけど、私が会社を辞めた後も相変わらず合コンを繰り返していると聞いて、どんどんあなたの中で薄れていくであろう私の記憶を、どうにか留めたかった。そのためのひとつのステップでした」

薄れていくというか、そもそも拓也の中にはごく僅かな記憶の残り滓しか存在していなかったのだが、計画を実行する前はまさか完全に忘れられているとは思わなかったのだろう。面と向かって告白した経緯があるのなら当然だ。普通は忘れない。

場の緊張感を掻き乱すように、久しぶりの母にテンションが上がった令人が、大きな歓声を上げてはしゃいでいる。

みどりは我が子を見つめて微笑みつつ、ふうと小さくため息をついた。

「この子、正直『うっかり』できた子ですから。最初にお話しした通り、気づいたら堕ろせなくなってて産みました。もちろん生まれれば可愛いですよ。ちゃんと育てます。シングルマザーですけどね」

「その、藤枝課長とは、もう会ってないんですか」

「会ってないですよ。だってあの人、飛ばされちゃってもう夏川さんの上司じゃないじゃないですか。会っても何のメリットもありませんよ」

何を当然のことを、とでも言いたげに答えるみどり。

（地雷女だな……）

（地雷女ですね……）

拓也の後ろで雪也と小声で囁きかわしつつ、これほど強烈な女を綺麗さっぱり忘れていた拓也をむしろ尊敬する。こんな地獄の果てまで追いかけてきそうな女、普通は怖くて忘れられない。

「あちらはあちらで奥様と色々大変みたいですし、私はもう関係ないので連絡もとっていません。養育費も何もいらないと伝えてありますし。うちは実家が比較的裕福ですから、金銭的には困っていないんです」

「そう、なんですか。それは……よかったですけど。親御さんも心配したんじゃないですか。孫がいなくなって」

「大丈夫です。実家で暮らしているわけではないので。令人をこちらに預けている間は親を部屋に来させませんでしたから。一緒に暮らすと色々とうるさいんですよ。夏川さんはずっと実家暮らしで息苦しくないんですか」

「いや、俺は全然……うちは皆各々別の生活してるし不干渉だから……」

話が関係ない世間話に流れそうになっているのにイライラする。みどりが拓也にしか喋りかけていないと知りつつ、映は我慢できなくなって口を挟んだ。

「ところで、唐沢さんが偽名として兄の合コン相手の名前を名乗ったのはなぜなんですか。どうやってそのことを調べたんです」

「夏川さんが同僚に誘われて何度も合コンに参加しているのは知っていました。そこで出会い、泥酔したあなたを下心で介抱した女たちの名前も」

映の質問に答えながらも、視線と話しかける相手は完全に拓也である。映は苛立ちながら質問を続ける。

「だからそれ、どうやって知ったんですか」

「私、合コンの度にその現場にいたんです。観察してた。フラフラになった夏川さんを連れて女がホテルに入るところも見てきました。きっと関係を持ったんだろうと思った」

みどりは合コンの現場にも潜み、その後も拓也たちを尾行してどこへ入るのかまでも見届けていたのだ。その光景を想像するとゾッと鳥肌が立つ。

拓也は違う、と言いかけて口をつぐむ。みどりに対して自分の潔白を主張することの無意味さに思い至ったのだろう。

「でも、あなたは私が彼女たちの名前を名乗っても信じてしまった。つまり、私のことは覚えていないけれど、彼女たちのことも覚えていなかった。そういうことでしょう?」

目を輝かせて問いかけるみどりに、拓也は怯えながら小さく頷く。すると地雷女は見るからに喜びに満ちあふれ、頬を紅潮させ弾むような声を出した。

「とても満足です。そのことがとても嬉しい。私が会社から消えてただ子どもを育てる母親になっていくのに、あなたはこれまでと変わらず女たちと会い続けるのが本当に嫌だった。でも、あなたは誰と会っても覚えていない。私のことも忘れていたけれど、どの女も覚えられない。それが証明できて、最高です」

みどりの喜びのために、無関係の女たちを調べさせられたのかと思うと脱力する。こんなバカげた理由で他の女の名前を名乗る人間がいるとは、初めは想像もしていなかった。

「忘れん坊なあなたに、私の名前を覚えて欲しかった。これだけのことをすれば、もうきっと忘れないでしょう」

「そりゃ……さすがに俺も忘れられないけど」

「自分の赤ん坊を置いていったのもそのためですか」

完全に気圧（けお）されている兄を押しのけ、肝心のことを問いかける。

「そのためって？」

「だから、兄にあなたの存在を植え付けるためかと聞いてるんです。そんなことのために我が子を置き去りにしたのかと」

「違います。ただ、令人を夏川さんに自分の子どもとして育てて欲しかったんです」

一瞬何を言っているのかわからなかった。

みどりはいたって真面目な顔で続ける。

「たとえ一時のことでも。自分の子どもと信じて接して欲しかった。私の子どもを自分の子と思って日々を過ごして欲しかったんです。それが本来私の望んでいた未来だったんだから」

実質育ててきたのは弟の映なのだが、そのことを伝えたら本格的におかしくなりそうなので胸に秘めておく。

それにしても何という理由なのか。自分の子と思って育てて欲しいからと堂々と他人の家に置いていってしまうとは。

「あんた、おかしいよ」

映は思わず声を震わせる。

「自分の子どもを道具みたいに使ってさ。この子が恋しくなかったのか。可哀想だと思わなかったのか」

「ちゃんとお世話してくれるってわかっていましたから」

「そういうことじゃないだろ！」

何を言ってもみどりには通じていないのがわかって映は無力感に襲われる。きっと自分の行いの何がいけなかったのかも理解していない。自分の目的のためには手段など選ばない人間の目をしている。

「ね、夏川さん。令人、可愛かったでしょう。自分の子だと思えば、尚更可愛く見えたでしょう。令人は本当に……」

「出ていってください」

みどりの声を遮って、拓也は立ち上がった。

「あなたの言動のせいで、俺の家族や友人は皆ひどく振り回された。何日も苦労をさせられ、大きな迷惑を被りました。謝りもしないあなたの態度は非常に不愉快だし、本来なら警察を呼ぶところです。今すぐ出ていって、二度と俺たちの前に現れないでください。あなたの顔はもう見たくない」

初めて聞くような、拓也の厳しい声。

これまで駄々をこねたり不満を示したり癇癪を起こしたりするのは散々見てきたが、こんな風に取り付く島もないような冷然とした怒りを、家族ですら見たことがない。

映も雪也も、寿子も目を丸くして固まっている中で、みどりは一人で酔ったように体を震わせ、「ああ」と歓喜の声を上げている。

「最高です。あなたの誰も見たことのない顔が見られた。誰に対しても優しくて無関心なあなたの、本気で怒った顔……！　ああ、初めて私を見てくれた。ここまでした甲斐がありました。あなたのその本気の声を、私を睨みつける目つきを、私は一生忘れません……」

＊＊＊

汐留のマンションに辿り着いたとき、二人はしばらく無言だった。

帰宅したのは、日付が変わる直前の遅い時間だ。どちらも疲れ果て、ぐったりしていた。映は久しぶりに『帰ってきた』という感覚に、すでにあの成城の実家は自分の家という意識ではなくなっていることを実感した。

「彼女の勝ちですね」

ソファに映と沈みこんだまま、雪也がぼそりと呟く。

唐沢みどりが令人を連れて去っていった後、帰ってきた家族たちに夕食をとりながらそれぞれ経緯を説明し、それが終わった後夏川家を出た。

その間雪也はあまり喋らず、何か考え込んでいる様子だった。

「結局、すべて彼女の思う通りになりました。俺たちは一時期とはいえ、あの子を夏川の子かもしれないと思って育てたし、そして唐沢みどりという名前はさすがの夏川にも強烈に刻み込まれただろうし」

「あの女、マジもんだったな。アニキもヤバイ系だけど、あの女は冗談にもならないやつだわ」

「でも、恐ろしいほど理性的で計画的でしたよ。恐ろしく馬鹿げていて常軌を逸したことを、恐ろしい冷静さで実行に移した。彼女の意図した通りに俺たちは動いたわけですから」

「つーか、卑怯じゃん。子ども使うなんてさ……そりゃ、投げ出せねえよ。育てるしかねえ。こっちが家の恥を思っておいそれと警察に行けなかったところまで読んでたっつーなら、そりゃあっちの完勝だな。腹立つけど」

みどりと対峙している最中、映は苛立ちが治まらなかった。どうしてこれだけ迷惑をかけたのに、あんな風に堂々と座っていられるのかとふしぎでならなかった。

目的を果たすためならば、どんなに迷惑をかけても構わない、というよりも迷惑がかかっていることすら認識していない。

あの女は、本当に拓也一人だけしか見えていなかったのだ。自分と関係のない他人であろうと、自分が腹を痛めて産んだ実の子であろうと、拓也の気を引くためならば道具として使うことを躊躇しなかった。

「アニキだって最後にはとうとうマジでブチ切れてたけど、当然だよ。変な疑いかけられてさ、家族中から責められて。正直今回はさすがにアニキが気の毒になったわ。いちばんの被害者じゃんか」

「まあ……思い出せなかったのはあいつの自業自得ですけどね。あのとき本気で怒ったのは、自分がされたことよりも、家族や俺を巻き込んで茶番に付き合わせたことに対してだと思いますよ。自分が理不尽な目にあっても、ああいう風に怒る奴じゃないから」

「そうかな……よくわかんねえけど、でもあんなアニキ初めて見た。今回はよっぽど腹に据えかねたんだな」

誰にでも優しく、そして無関心だとみどりは言っていた。そして、最後に拓也が本気で怒った顔を見て、自分の名前を思い出してもらったときよりも明らかに喜んでいた。ようやく自分を見てくれたと言って。

それはきっと自分に向けられる感情が『無関心』ではなくなったのだと実感したからなのだろう。無関心でなければ、それが好意であろうと嫌悪であろうと構わないというところが、やはり一般的な感覚とはだいぶ異なる。

「っていうかさ。俺はもうあんな女どうでもいいんだけど、令人がめちゃくちゃ心配だよ」

「ああ……そうですよね」

雪也は重々しく頷いて同意する。

「まあ実家の支援もあるし親が様子を見に来てくれているようですから、その点は少し安心ですけど……」

「本当だよ。あの女一人で育てたらマジで令人が可哀想だ。第一、生まれてまだ一年も経ってないような、あんな生命体として最弱な生き物、他人の家に置いていけるか？　異常だよ。普通の神経じゃ有り得ねえよ」

「逐一同意ですが、まあ、トイレで産んでそのまま放置するような女もいるじゃないですか。普通に産んで育てているだけでまだマシなんじゃないですか」

「そういう究極に最悪な奴と比べんなって。そりゃ、来たばっかのときもまん丸だったし清潔だったたし、きちんと育てられてるのはわかったけどさあ」

　あの地雷女なりに愛情を持って育てているのだろうか。そう信じたいが、みどり本人は性善説をフル活用してどう頑張っても信用できない。実家の親や周りの監視に期待する他ない。

　雪也は映の肩に手を回し、ぽんぽんと優しく叩く。

「寂しいですか、映さん。令人、いなくなっちゃって」

「……そりゃ寂しい。正直、重荷がなくなって楽になった感覚もあるけど、その分、重みがいきなり消えちまって、虚しい」

「重みなら俺がいくらでもあげますよ」

　言うやいなやソファに押し倒して抱き潰されて、「そう来ると思った！」と分厚い体の下から喚く。

「こういう物理的な重みじゃねえの！　柔らかくて薄い皮膚とか、熱い体温とか、乳臭い匂いとか……」

「硬くて分厚い皮膚も好きでしょ。俺も映さんよりは体温高いですし、乳臭くはないですがあなたの好きな体臭と自負しています」

「もう、比べんな、馬鹿。あんたに赤ん坊の要素なんてまったく求めちゃいねえよ」

なぜか張り合う雪也に苦笑しつつ、キスをいくつも交わす。

こんな風にゆっくりとイチャついたり落ち着いて語らえるのはいつぶりだろう。

雪也は映を抱き締め、髪の毛に鼻先を埋めて深呼吸している。

「俺があの女をいちばん恨みに思ったのは、映さんとの時間を奪われたことですよ……そりゃ母性あふれる映さんは生唾ものでしたが、やはり常に二人の空間でいられないというのは、思ったよりもかなりのストレスでした」

「やっぱ雪也には子どもは早いな。あんた自身が欲しいって思ってから作らないと、絶対邪魔者扱いしそうだ」

「そんなことしませんよ、あなたと俺の子どもなら……まあ、ベビーシッターは雇って必ず二人の時間は作りますけどね」

雪也は映の体をくまなく弄りながら、飽きもせずに頭や首の匂いをスンスンと嗅いでいる。まるで玩具に自分の匂いが残っているかを確認している犬のようだ。犬と違うのは嗅ぎながらたちまち股間の質量が増していくことだが。

「ああ……映さん、まだどこか赤ん坊の匂いが残ってますね……こんな映さんの匂いを嗅ぐことになるなんて……」

「そんなにする？　ずっとミルク作ったり飲ませたりしてたから染み付いたかな……風呂(ふろ)入ってるんだけど」

「どうしてでしょうねえ。そろそろ母乳が出る合図じゃないですか？」

「あんた、それもう諦(あきら)めろって……」

未(いま)だに母乳に執着する雪也にゾッとする。しかし雪也の眼差(まなざ)しは真剣そのものだ。

「でも俺、思うんですよ。映さんなら、代理出産じゃなくても自分で産めるんじゃないかって」

「……は？」

真面目な顔でイカレた発言をする男を思い切り胡乱(うろん)な目で見つめる。

「いや、無理。母乳よりずっと無理。大体男の腹のどこで胎児育てんだよ」

「大丈夫です、生命の神秘でどうにかなりますって。鳥類なんかも排泄(はいせつ)と卵産む穴は同じですし」

「どうにもなんねえよ！　人類に鳥の真似(まね)は無理！」

雪也は熱い息を吐きながら映の着物を捲(めく)り、下着を毟(むし)り取(と)る。

「試す前から諦めちゃいけません。ずっと種付けしてれば奇跡も起きるかもしれませんよ」

「種付けとか言うな。今まで散々やってきてんだろ」

「きっとまだ回数が足りないんです。もっと何度もやらなきゃだめですね」

おぞましい台詞を吐きながら映の腹を愛おしげに撫でる。そのねっとりした指先に本気の執念を感じてゾッとする。

「久しぶりにゆっくりできるんですから、ベッドルームに行きましょうか」

はたと気づいたように映を抱え上げ、ベッドルームに移動する。すでに完全に勃起して苦しいために露出されているものが、歩いて揺れる度に抱き上げた映の背中をポンポン叩く。こんなに限界なのに手順にこだわる余裕があるのが何だかおかしい。

ベッドに横たえられ、着物が中途半端に纏わりついた格好のまま雪也にのしかかられ荒々しい愛撫を受ける。

首筋から胸まで舌を這わせ、散々執着している乳首を音を立てて吸いながら、大きな左右の手の平は休みなく映の全身を撫で、擦り、揉んでいる。

「はあ……この感触、たまらないな……。映さん、赤ん坊育ててる間に女性ホルモン出ましたか？　以前も綺麗でしたけど、更に肌艶がよくなってますよ」

「し、知らねえよ……影響は、多少あったかもしんねえけど……」

「あなたのような肌は本当に女にもいませんよ……お母様も異様なほど若いですが、やはりまず水分の含有量が違うのかな……吸いつくような肌というのはこのことですね」

ブッブッと興奮して喋りながら、テンションが上がり過ぎて目つきがヤバくなっている。

「俺も雪也にさせて」

「だめです、今映さんにどうのこうのされたら出ちゃいます。一滴たりとも無駄にしたくはありません」

「無駄って……」

間違いなく今夜は全部中に出すつもりである。その惨状を考えると身の毛がよだち、映は半ば無理矢理体勢を逆転して雪也の上に乗る。

「無駄じゃねえから。下からでも上からでも同じだろ」

「同じじゃありませんよ。命はお腹に宿るものでしょう」

「奇跡なんて法則ねえだろ。どっかの聖母は何もしなくたって受胎したじゃん」

全部中に出されたくなくて適当に思いついたことを言うと、雪也はひどく納得した顔でなるほどと頷いている。さすがあの兄の友人なだけあって結構馬鹿なのかもしれない。

雪也の服をすべて脱がせて、素肌を合わせる。冷えた空気の中で熱く湿った感覚が心地いい。

本人の言う通りすでに限界マックスなものを口に含むと、久しぶりに口腔を満たす質量に腹の奥が疼く。

「映さん……、本当に、俺、すぐですからね……」

「ん……、いいよ、好きなときで」

先端の丸みのなめらかさを唇で楽しみ、喉の奥まで入れて粘膜をくぽくぽと鳴らす。

（相変わらずでっけえなあ……しゃぶってるだけで興奮するわ……）

映は口でするのが好きだ。されるのももちろん気持ちいいが、口でペニスを愛撫する感触は脳にダイレクトに伝わるようで、いとも容易く快感物質が大量にあふれてくるような気がする。

精一杯呑み込んでも収まりきらない長さと、顎が外れそうな太さ。そして雪也の濃厚な体臭はひどく扇情的で、嗅ぐだけで体が震えるほど欲情してしまう。

「はぁ……ああ、映さん、そんなに欲しかったんですか……すごい……」

夢中になって頬張っていると、雪也は腹筋を震わせてうっとりとため息をつく。そのまま手を後ろに伸ばし、映の尻をローションで弄り始める。

口に入れているのに、まるで尻にも入れられているような感覚に、映は自分の屹立したペニスから先走りが滴るのを覚えた。そこには触れられていないのに、口と後ろの感覚だけですでにイきそうだ。

思わずフェラチオにも力が入る。恍惚としてしゃぶっていると、雪也のペニスが一層強張って反り返った。

「はあ、はあ……あ、もう、出ます、映さん……っ」

「ん……、いいよ」

そのまま思い切り吸い上げると、雪也はくぐもった声を漏らし射精した。

「っ……、ん、ん」

奇跡をお望みなので、すべて飲み下してやる。決して美味い代物ではないが頭が快楽に緩んでいるので喉を伝う粘つく感覚さえ気持ちいい。

大量の精液を飲み込んで口を離しても、雪也はまだ隆々と勃起している。その絶倫さに腹の奥がきゅんとうねる。

この分だと何度種付けされることになるかわからない。そう想像するだけで腰が震えるが、この雪也の興奮具合を見ていると、一体どのくらいの耐久レースになるのだろうかと怖気づく。半日は起き上がれなくなるかもしれない。いや、もっとひどいだろうか。そう考えると、やはり少しでも入れる前に出しておいて欲しい。

「なあ、もう一回口でしてもいい？」

「だめです、もう映さんに入れたい」

「口にだって入れてるじゃん」

「下の方ですよ」

炭酸飲料を飲ませ、自分の青臭さを消してからキスをする雪也。映のものなら何でも構わないくせに、自分の精液の味は我慢ならないらしい。

体勢を逆転させ、ローションまみれにして押し広げた映の狭間(はざま)に性急に、それでいて慎重に埋めていく。

「ん、んぅ、は、あぁ……」

受け入れ慣れた感覚。それでも、ここのところ頻度が減っていたので、普通の男に戻ろうとする体が違和感を覚えて過剰に締め付ける。

それでもぬめりの力を借りて雪也は容易く腰を捻(ひね)ってすべて収めてしまう。奥までぎちぎちに満たされる感覚に映は胸を喘(あえ)がせた。

映の髪を撫で、顔中にキスをしながら、雪也は目を細めて微笑む。

「映さん……もうここは俺の部屋なんですから、いくらでも声出していいんですよ」

「ば、馬鹿……最初からそんな喚いたりしねえだろ」

「そうでしたっけ……クセで声抑えてるのかと思いました」

ここは家族と一緒に暮らす成城の家ではない。雪也と二人きりの汐留のマンションだ。

そう自覚すると、ふと筋肉の強張りが解けて体が弛緩(しかん)する。同じ階に家族は寝ていない。起こしてはいけない赤ん坊もいない。どんなに騒ぎ立てても、ベッドを揺らしても、何も問題はない。

「ん……ちょっと、緩みました？」

「そう、かも……ごめん、キツイよな」

「映さんの家でしたとき、やっぱり感じが違いましたからね……それも刺激的でしたが、こうして何も気にせず、ゆっくり楽しめるのがいちばんです」

「普通しねえから、人んちでさあ……あんたの性欲、ほんと途方もねえよな……」

夏川家で隙を見てはこそこそと行為に及んだことを思い返し、二人で笑いながらキスをする。抱き合って、口を吸い合いながら、次第に深く、強く揺れ動く。

「はあ……ああ、は、あ……、いい……気持ちいい……」

「いい、ですか？　俺も、すごくいい……ああ、最高の時間ですね……何にも邪魔されずこうしていられるのは、本当に心地いいです……」

体の奥から頭の天辺まで響く重い快感。雪也の裸の体温、体臭に包まれる甘美な興奮。理性を簡単に捨てられる時間というのは確かに最高だ。間断なく響く露骨な水音に、軋むベッドの音に気分を盛り上げられながら、簡単に快楽に溺れることができる。

力強い男根に支配され、組み敷かれて好きなように犯される被虐的快感。腹の奥をどちゅどちゅと執拗に突かれる度に視界が白く染まるほどのオーガズムに翻弄される甘い甘い官能。

「ふぅっ、んう、ん、ふあ、あっ、はあ、あっ」

「は、あぁ、は……、映さん、映さん……」

激しい動きに意識が飛びかける。雪也はうわ言のように映の名前を呼びながら、うっとりとして腰を振っている。

大きく揺れるベッドに派手に鳴るスプリングや衣擦(きぬず)れの音。これまでよほど遠慮していたことがわかるような貪(むさぼ)るような動き。

映は必死で雪也にしがみつき、叫ぶように喘ぐ。互いの体液で肌を濡(ぬ)らしながら、唇を、舌を、指を、性器を、擦り合わせ、絡め合い、隙間もないほどにぴたりと合わせながら悦楽を求めて揺れ動く。

最も弱い最奥に太い亀頭(きとう)を嵌(は)め込(こ)まれ、ぐりゅぐりゅと腰を回されれば悲鳴のような声を上げ絶頂に飛び、ガクガクと痙攣(けいれん)し失禁するように精液を漏らす。

「ひあぁ、あ、ふあ、あ、だめ、あ、そんなに、や、あ、ふあぁ」

「可愛い……久しぶりに大きい声ですね、映さん……もっと感じてください……もっと叫んでくださいよ……」

「そん、な、あ、だめ、そんな、ずっとじゃ、あ、ふあぁ、ひあぁぁ」

大きく達してからも雪也はしつこく奥ばかりぐぽぐぽとこね回す。細かに震える薄い瞼(まぶた)に舌を這わされ、こぼれる涙を啜(すす)られる。

まるで映の快感を食べて生きる魔物のようだ。セックスでよがらせ、オーガズムに溺れさせ、その快楽を摂取して悦に入る怪物のような何か。

そんな想像をしてしまうほど、雪也は映を感じさせることに躍起になっていた。そして
それを可能にする技量と体力と精力がこの男には無駄に備わっていた。

映は汗みずくになって悶えながら、無限に振っていられるのではないかと思える強靱な腰の筋肉に指を這わせる。その動きがダイレクトに腹の奥にまでずんずんと重く響き、脳髄が痺れるほどに恍惚として仰のいた。

「映さん、いいですか、気持ちいいですか、イってるんですか」

「っってる……、もう、ずっと、イってる、ってばぁ……！」

「じゃあ、もっと声出してください……俺は映さんの声が聞きたいんですよ……ずっとずっと聞きたかったんですから……押し殺した喘ぎ声じゃなくて、動物みたいに感じてる声が聞きたいんですよ……」

執念に燃えるような目をして雪也は映を凝視している。食らいつくように首筋に吸い付き、映をぐっと押さえつけそのまま抉るようにぐちゃぐちゃずぼずぼと立て続けに突き上げる。

「ううっ！　ふう、うあっ、はあっ、あ、お、は、あ、ああっ」

あまりに大きく動かれ、本能的に獣じみた叫びがこぼれる。奥の奥までなぶるようにずこずこと犯され、浅いストロークで膨張した前立腺をこりゅこりゅとしつこく転がされ、

映は目を白くしてヒイヒイと泣きながら何度も達した。

耳の穴にまで舌を突っ込まれねぶられ、乳頭を揉まれながら舌をしゃぶられ、今までにないほど野獣のように全身を犯され味わい尽くされて、映は真実、自分がこのまま雪也に食われるのではないかと思った。

（やべえ、雪也、今日は何でこんななんだ……暴れ過ぎだろ、そこまで溜まってたのかよ……）

ぐちゃぐちゃにされて意識が朦朧としながら、まるで火のついたように映を貪る雪也を、妙に心配してしまう。

母乳だ妊娠だとずっと頭がおかしいことは言っていたのだが、今夜のセックスはそれに輪をかけておかしい気がする。

「はぁっ、はあ、出しますよ、映さん、奥にいっぱい、出しますよ！」

雪也は大きく叫ぶや否や、映の肩をがっちりと摑んで、ずんと腹の奥に突き立て、そこで大量に濃厚な精液をぶちまける。

「うああっ、あ、ひ、あ……」

あまりに激しく唐突で、しかも二度目なのにひどく量も多く、映は衝撃に泣きながら大きく震えて潮を噴く。

数度胴震いして映の中に出し切った後、雪也は掃除機のような勢いで映の口を吸い、くちゅくちゅと音を立てて太い舌で口腔を掻き回し、熱に潤んだ目をして幾度もその顔に唇を落とす。

「はあ……ああ……映さん、受精しました……？」

「あ……あのな……そんなの、しねえし……つか、女だってわかるわけねえだろ……」

「え……？　わからないんですか……？」

さもふしぎなことを聞いたという顔で雪也はキョトンとしている。

「でもよくエロ漫画とかで言ってるじゃないですか。『らめえ、赤ちゃんできちゃう～！』とか」

「だから俺はエロ漫画のキャラじゃねえっつうの……何か前もこういう会話したぞ……」

「映さん以上にエロ漫画のキャラが似合う人なんていませんよ。今度はちゃんと着床したのを感じてくださいね」

「だ、だから、無理だって……つうかどこに着床するんだよ、場所がねえって……、あ、ちょっと、おい、……っあ」

雪也はずるんと勃起したままのものを抜き、映の体をひっくり返し、バックからずちゅりと捩じ入れる。

たっぷりと出された精液で容易く巨根を呑み込み、散々解されて柔らかく蕩けている粘膜は、再びの攻撃に悦んでペニスにむしゃぶりつく。

「う、ふぅっ……、こ、こんな、立て続けにぃ……っ」

「またたっぷり出してあげますから……今度は俺が射精したとき、『妊娠しちゃう〜〜っ！』って叫んでくださいね」

「ば、馬鹿だ……やっぱりうちに来てから雪也が馬鹿になってる……」

「新たな楽しみ方を見つけたと言ってください……ほら、頑張って子作りしましょう、映さん！」

映の腰を摑んで容赦なく振り立てる。パンパンと勢いよく鳴る肌と肌のぶつかる音と、精液やローションが掻き回されてぐちゃぐちゃにちゃにちゃとものすごい音に耳までも犯され、映は容易く快楽地獄に落とされる。

「うっ、んうう、あう、あ、はあっ、ああ、は、あぐぅ」

「はあっ、はあっ、あぁ、映さん、桃色に染まった背中が、可愛いです……細い腰に、丸い桃のような尻に……あなたは後ろ姿でも男を煽りますね……汗に濡れてキラキラ光って……綺麗ですよ……」

雪也は休みなく動き続けながら、映をあだこうだと賛美する。

こんなにセックスの最中よく喋る男だっただろうか。静かに行為をしなければならないあの日々のストレスが雪也をやかましい男にしてしまったのかもしれない。

映は夢中で枕を摑み衝撃に耐えながら、下半身を襲う立て続けに上がる打ち上げ花火のような快感に舌鼓を打っている。

両方の尻臀を力任せに揉まれながら、その谷間にぐちゅぐちゅとペニスを出し入れされると、アナルが敏感になるのか、入れられている感覚がより鮮やかになって頭がおかしくなりそうなほど興奮する。

「はぁっ、あ、ああ、いい、雪也、それぇ、もっと、もっと揉んでっ……」

「ああ、映さん、お尻を揉まれるのがいいんですか？　入れられながら？」

「うん、いいっ、い、好き……揉んで、たくさん……開いて、合わせて、いっぱいいじめて……っ」

中の雪也がぐっと反り返り、明らかに映の言葉に煽られたのがわかる。尻を揉む手にも力が入り、汗ばんで吸いつく皮膚を餅をこねるように大きく回す。

「んうぅ、いいっ、はぁ、ああ、ふぁ、あああ、あぁ、また、おかしくなっちゃう」

「いいんですよ、たくさんおかしくなりましょう……いっぱい感じて、いっぱい俺のを受け止めてください！　何度も、何度も……っ」

互いの声に煽られながら、二人してやかましく騒いで動き続ける。映は何度目かわからない深いオーガズムの波に呑まれて掠れた声で叫び、雪也は達した映にペニスを絞られて獣のように唸った。

雪也は上から覆いかぶさって映の胸を揉みながら小刻みに腰を蠢かせ、前立腺を集中的

に亀頭の笠でぐりゅぐりゅとこね回し、映に鋭い悲鳴を上げさせた。

「ううう、らめ、あ、そこ、やあああぁ、あ、だめええ」

「はぁ、ああ、可愛い、映さん……、奥と、こっちじゃ、本当に反応が違いますね……どっちも、最高に可愛いですよ……」

「ううっ！　あ、うあぁ、やらぁ、あ、いじわる、あ、は、うあぁ」

執拗に弱いしこりを転がされ、堪らずにビュルッと勢いよく射精する映。枕に涎を垂らしながら、息も絶え絶えに、ともすれば意識を手放しそうな危うい場所で絶頂感に揉まれている。

「はぁ、ふぁ、あ、はあ、あぁ、も、やばい、あ、どうにか、なるぅ、あ、はぁあ」

「は、はあっ、俺も、また、出そうですよ……っ」

両手で勃起した乳頭をいじめながら、雪也の息が一層荒くなる。

「はあ、はあ、出ます、そろそろ、出ますから、映さん、今度は、ちゃんと妊娠してくださいね……っ」

「え、何、え、妊娠……」

「俺が映さんの中に、いっぱいいっぱい精液出しますから、映さんはそれをたくさん呑み込んで、孕んでくださいっ……、いきますよ……っ」

妊娠しろ孕めと何度も言われ、わけのわからないままに猛烈に揺すぶられて喘ぐ。

再び腹の奥にたっぷりと精液を放出され、映は二度目の潮を噴きながら、泣き叫んだ。

「あう、あ、あぁぁ……」

「は……、はぁ……、映さん……、赤ちゃん、できました……？」

「へ……、あ……、そう、かも……。も、わかんね……」

「これだけ出してもわからないなんて……まだ足りないんですね……」

「え……？　あ、嘘……、雪也ぁっ……」

再びひっくり返され、今度は横抱きにされて萎え知らずのものをブチ込まれる。

映は飽きもせずに絶頂に飛びながら、今度は雪也の望み通り、『妊娠しちゃう〜〜っ！』と叫ぼうと固く心に決めたのだった。

二人の未来図

翌日、お約束通り、映はほぼ一日動けなかった。

快楽と疲労に紛れて『妊娠しちゃう』と言うのを忘れること数回、結局朝まで責め倒され、ようやく『赤ちゃんれきちゃう～～』と半死半生で呟き解放されたのである。

「あんた……マジで体力お化け過ぎる……」

「すみません。どうも、映さん相手だと時間を忘れてしまって」

「時間を忘れる前に普通は体力と精力の限界が来るの！　……俺、奇跡の赤ちゃんできる前に死ぬわ、ほんと……」

常識はずれのセックス耐久レースから何とか生還したものの、こんなことが続くとなると真面目に体が保たない。雪也の精液で溺死しそうだ。

「どうしたんだよ、昨夜は……何か取り憑かれたみたいだったけど」

「いや、そうですよね。俺も久しぶりに、何というか、正常な思考ができなくなったというか……」

雪也もさすがに反省しているのか、苦笑しつつソファに横になった映の髪を優しく撫(な)でている。
「自分でもわかりません。赤ちゃんに嫉妬(しっと)したんですかね」
「え……令人(れいと)に？」
はい、と答えた後、雪也は自分の台詞(せりふ)に自分で笑う。
「いや、それはおかしいですよね。嫉妬というか……映さんがあの子の世話をしていると
き、今まで見たこともないような顔をしていて……本当に聖母でしたよ。小さなか弱い命
を前にすると、映さんは優しくて神聖な雰囲気に包まれるんです」
「ああ、あんた母性母性うるさかったもんな……」
「俺相手じゃああはなりません。ほら、よく子どもが生まれると、旦那(だんな)が奥さんが構って
くれないとかワガママ言って愛想を尽かされるじゃないですか。何かあの気持ちがちょっ
とわかりました。母と子の絆(きずな)の前じゃ、男って蚊帳(かや)の外なんですよね。二人の世界を見せ
つけられるというか」
「いや、そもそも母と子じゃねえし。まあ言ってることはわかるような気がするけど」
嫉妬深(しっとぶか)いとは思っていたが、まさか生まれて一年も経(た)っていない赤子にまでジェラシー
を向けるとはあまりにレベルが高い。
（母と子の絆、ね……）

正直、映は事実そのことに嫉妬を覚えた。唐沢(からさわ)みどりが最後に夏川(なつかわ)家にやって来たときの、令人の反応だ。

やはり血を分けた親子だ。どんなに映が世話をしても、どんなに映にだけ懐いていても、母親が来てしまえば自分などはもう用済みである。

久しぶりに実母に会えたときの令人の反応は、著しく違っていた。はしゃぎ、大きな声を上げ、必死で母親に小さな手を伸ばしていた。

今でもあの光景を思い出すと、胸がぎゅっと絞られるようだ。どんなにひどい母親でも、子どもにとっては唯一無二の存在なのだと悟った。母親には永遠に勝てない。母と子の絆とはそういうことなのだ。

「あとね……あの地雷女見て、ちょっと思うところがあって」

「唐沢みどり、何か気になったか」

「あの女、自分の子どもすら目的達成のための道具だったじゃないですか。こうと決めたら手段を選ばない……その姿に、ちょっと自分が重なったんですよね」

「……雪也が？」

映は目を丸くする。あの異常な女と雪也が似ているとはまったく思えない。

「いや、それは違うと思うぞ……あの女完全にイカレてるっていうか、普通じゃなかったじゃん」

「でも、俺もはっきり言ってああいうタイプですよ。いざとなったら手段は選びません。俺はそういう男です」

雪也ははっきりと言い、映の手を少し強く握る。

「だから、唐沢みどりの姿を見ておぞましいと思うと同時に、俺もきっとそう見えるときがあるんだろうと……少し考えさせられました」

「……そもそも、そういう風に考えられる雪也は、あの女とは全然違うよ。安心しろって」

あの女は自分がおかしいとも、他の人間と違うとも、そういうことは考えないだろう。いけないことと知っていてやっているというよりも、ことの善悪など気にせずに自分がやりたいようにやる。雪也とは違う。

「そんな変なこと考えてたのか」

「結構真剣ですよ。だから、映さんに子どもを持つことを提案しましたが、もしも何かのっぴきならない事態が起きたとき、俺は映さんを最優先にしてしまう。そして、聖母のように子どもを愛する映さんは、そんな俺をきっと軽蔑し許さないだろうなと」

「雪也……マジで、まだ実現してもいない遠い未来のこと、考え過ぎ」

深刻になり過ぎている雪也に思わず笑う。この男は変にクソ真面目なところがある。

「子ども作るとか作らないとか、どっちが大事とか……実際そうなってみたら案外自然と家族になるもんだと思うぞ。俺だって赤の他人の子どもの令人、普通に守んなきゃと思ったし。もし雪也が子どもを絶対愛せないと思ったら実行に移さなきゃいいだけの話だろ。男女と違ってうっかりでできることなんかないんだからさ。雪也が望まないことは俺も望まないよ」

「映さん……」

雪也はどこか夢から覚めたような顔をして映を見ている。

「そうですよね……。色々考え過ぎて煮詰まってたかもしれません」

「煮詰まり過ぎ。あんた普段現実的なくせに時々ぶっ飛んだこと考えるよな」

「でもひとつ反論があります」

「は？」

「うっかり奇跡でできることもあるんですから、やはり想像することは大切ですよ」

「できねえから。うっかり起きたら奇跡じゃねえから」

やはり拓也(たくや)の片鱗(へんりん)を感じる。雪也を夏川家に近づけるのは危険かもしれない。あれが伝染するとは想定外である。

兄と会話するときのような疲労を感じながらも、ふと雪也と将来の話などを自然にしていることに気づく。

そんな関係ではなかったはずだった。単純に体から始まり、いつの間にか同居して、セフレのような曖昧な間柄で、それでも互いの執着は強く、いつの間にか絶対的な信頼を感じるようになっていた。

(もしもこれが男女だったら、きっとこういうときが結婚を考える瞬間なんだろうな……)

自然と家族になる未来を想像し始めたとき。それはきっと普通の恋人同士というよりも、同じ日々を共有する運命の共同体として相手を認識するようになったということだろう。

「まあ、なんだ……その、そんな先の色んなことまで考えてくれたの、嬉しいよ。雪也、本当に俺のことちゃんと想ってくれてんだなって」

「当たり前じゃないですか。俺はあなた以外誰も愛してないですよ」

言い切る雪也だが、それはそれで問題である。

「映さん、何だか優しくなったんじゃないですか。子育てを経験して、普段からの母性が増したような気がします」

「いや……だからそもそも母性じゃねえっつうの。言うなら父性だろ、せめて」

「母性ですよ。まだ妙に乳臭いですし……やはりそろそろ母乳の時期ですかね」

「季節の風物詩みたいに言うな。出ねえから」

乳臭いの真偽は不明だが、まだ昨日までの非日常の日々から抜け切らないような感覚がある。

今はもう面倒を見なければいけない赤ん坊もおらず、賑やかな家族もいない。突然、煙のように消えてしまった。まるで夢を見ていたかのようだ。

(子ども……ね……)

雪也が具体的に語って聞かせてきたあの計画を、頭に思い描いてみる。

唐沢みどりと令人の間にある他人には割って入れないあの絆に、映は確かに憧れ羨む自分を感じていた。雪也のように具体的に想像して気に病むほど真剣に考えているわけではないが、選択肢のひとつとして、頭の片隅に残しておいてもいいのかもしれない。

そんな風に考えている自分に、密かな驚きを覚える冬の昼下がりだった。

＊＊＊

「なーんか最近町田が変なんだよなあ」

騒動が解決してから半月。

三月に入り、桜の開花はいつ頃かなどというニュースがちらほらと増え始めた。

性懲りもなく夏川探偵事務所にホイホイやって来る拓也は、今夜も勤務先からここに直行し、勝手知ったる給湯室で自分で自分のお茶を淹れ、雑談などしてダラダラしていた。

「町田って、あの合コンが趣味の人か」

そうそう、と拓也は頷く。

「最近合コン全然しなくなっちまったの。仕事中もため息ついてたりしてさ」

「まー、さすがにちょっと思うところがあったんじゃねぇの。アニキ毎回参加させて、結局ああいう妙な事件にまでなったわけだし」

「うーん。そういう繊細な奴じゃないと思うんだけど……」

町田には一応すべて解決した後に事の顛末をあらかた聞かせている。拓也だとまたおかしな話になりそうなので、それは映が直接電話で説明した。

氷川麻衣と木平紗英にも詳細は省いて顛末を説明し、もう問題はないことと協力に対する感謝を伝えた。二人とも自分の名前を使われたのでひどく不愉快な思いはしたはずだが、解決したとわかって安堵したのか、面倒なことにはなっていない。

拓也は様子のおかしい同僚が心配らしく、しきりに首を傾げている。

「もしかして何か問題でも抱えてるのかもしんない」

「え、そうなの？」

「だってまたこの事務所に来てもいいか、って俺に聞いてくるんだ。探偵事務所に来たいなんて言うんだから、何か相談したいことでもあるんだろうなって」

「夏川。その件は断った方がいい」

ふいに雪也が無表情で口を挟んでくる。

「嫌な予感しかしない。町田さんの悩みは彼自身が解決した方がよさそうだ」

「ええ……龍一冷たいぞ。あんなに協力してくれたってのに」

「そうだよ、雪也。町田さんがいなかったら唐沢みどりの名前だってわかんなかったのに。あんた、あの人嫌いだったっけ」

「いえ、俺だってあなたがその体質でなければ、喜んで『いくらでも来てください』と言えたんですけどねえ……」

雪也は苦々しい顔で映を見つめ、はあと疲れたようなため息をつく。

「？　何言ってんだ。俺の問題？」

「あ、そういえばさ。映、もううちには帰ってこないのか」

急に拓也が話題を変える。映は内心（来たか）と重い気分になる。正直あまり話したくない内容だ。

「母さんたち、またここで暮らせばいいのにって言ってるぞ。白松さんちにお世話になってるのは申し訳ないって。家賃、折半とかしてるわけじゃないんだろ。龍一の住んでるとこなんてめちゃくちゃ高そうだし。あ、持ち家か？　どっちにしろ何も払ってないんだろ」

「いや……あの、そうなんだけど。でも一応もう実家出てるし。独立した息子がまた戻る理由もねえだろ」

「まあ……そうだよなあ。あのときはイレギュラーだったじゃんって言ったんだけど、やっぱ久しぶりに一緒に暮らせたのに、またすぐにいなくなっちまって寂しいみたい」

確かに突然帰ってきて慌ただしく赤ん坊の世話をして、それがなくなったらまた同時にいなくなってしまったので、家族としては実際帰ってきたという気はしなかったかもしれない。

「今は用事もないけど、何かの機会にまた顔出すよ。そう言っておいて」

「電話くらいしたらいいじゃん。番号教えたら？」

「いや……だって、特に話すこともないし。アニキとか美月(みつき)はこうして勝手に来るんだから、俺の近況は伝わってるだろ」

そうなんだけどさ〜、と拓也は口を尖(とが)らせる。

正直、これ以上積極的に実家に帰っていたら、そのうちに本当にそのまま家にいなければいけない何らかの事態が発生しそうで怖い。そもそも、この六年間、居場所を摑(つか)もうと思えば摑めたはずの両親が何も行動を起こさず静観していたのも、思えば少し不気味ではあるし、映に対してどう考えているのかまったくわからないところが怖い。

「大体、どのツラ下げてのこのこ頻繁に帰れっていうの。もう全然関係ない生活してるんだからさ……そういうのけじめつけないと」

「映が帰ってきて、誰か文句つけたか？　皆歓迎してただろ？　そういうことだよ。誰もお前を責めたりしない。ただ帰りを待ってるってだけさ」

「それは……そりゃ、ありがたいけどさ……」

それはただ無駄に期待をさせることになるだけだろう。歓迎するということは、映が帰ってくるという希望を捨てていないということだ。

映とて、自分の肩にかかっているものの大きさがわからないわけではない。だからこそ逃げたのだし、その後のことを夏川映はいないものとして考えて欲しかった。

（自分勝手だって、わかってるけどさ……）

実家に関わ（かか）われば、自（おの）ずとこの問題を考えざるを得ないことが嫌なのだ。兄や妹とはまたこうして交流しているが、親となれば話は変わってくる。

「いずれ、きちんと話し合わなければいけないことがあるんですか」

おもむろに雪也が問う。

映はその問いかけにぎくりとして、思わず視線を逸（そ）らす。

けれど、雪也がいなければ拓也とも美月とも関わり合わなかっただろうし、何もかも違っていただろうと思うと、向き合わなければいけないとも感じた。

「うん……俺は勝手に逃げて、全部捨てたつもりだったけど、そういう行動をとっただけで、言葉でははっきり伝えてない」

「じゃあ、映さんがどうしたいのか、あちらがどうしたいのかという話し合いはしていないわけですね」

そういうことだ、と頷いて見せる。

「映～～戻ってきてよ～～また一緒に暮らそうよ～～」

こちらが真面目に考えている横で三十四歳児が駄々をこねている。実家に戻ればもう赤子はいないがこの大きな幼児の面倒を見なければいけないのが最もネックだ。

「無駄な期待させてるかもしれないし、それは時間の無駄だから……こうやって一度実家に顔も出したことだし、近いうちにそういう話もするべきかも、しれない」

「そうですね……映さんがそうしたいのなら、した方がいいですね。ずっとわだかまりを抱えているよりも、きちんと一度話をつけた方がお互いにすっきりすると思いますし」

雪也としても複雑だろう。そもそも、友人の拓也に頼まれて映を連れ戻す計画に乗ったのも、雪也が映の絵のファンだったからだ。

そういう点では日本画を続けて欲しいだろうけれど、そうすると汐留(しおどめ)のマンションは出ていくことになる可能性が高い。父の後継者として指名されれば、それなりの立場に立つための活動、修業が必要になってくる。

ある意味非現実的な子どもの話などしていたというのに、ふいに冷たい現実に引き戻されたような感覚だ。

映が本来どういう立場の人間であるのか。雪也と家庭を築くという夢物語は、それを無視した上で成り立つものだった。雪也はすべて捨ててきた後の映と出会っているからだ。

「……俺のこともだけどさ。それよりアニキだろ」

「うん？　俺が何？　何かした？」

「何もしてねえのが問題ってか、心配されてんの。母さんたち、アニキがこのまま一生結婚しないいんじゃないかと思ってるぞ」

「うーん。まあ、そうなりそうだよなあ」

拓也は呑気にあくびをしている。

「だってさあ、興味ないし。恋愛は無理な気がするしな〜〜」

「結婚とか子どもって恋愛とはまた別じゃねえの？　令人のことも、こんな展開じゃなきゃアニキに子どもができてたら嬉しいって、母さん言ってたし」

「あ〜〜やだやだ。別にいいじゃん、俺がしなくたって。美月が今の彼氏と結婚するだろうし、家の問題なら婿養子に入ってもらえばいいんじゃないかなあ」

「まあ……それがいちばん現実的か」

上の男二人がそれぞれ別の方向で使い物にならないので、美月に期待が寄せられている。情けない兄たちで誠に申し訳ない。

「あの赤ん坊ね……母さんたちが俺の子なら嬉しいと思ってたなんてなあ」

拓也がふいにしみじみと呟く。

「俺も、もしそうなら、まあ不名誉だけどちょっとは楽になるかなとか思ったけどな」

「え……アニキでもそんなこと思うのか」

意外な発言だった。当事者なのに誰よりも他人事(ひとごと)のような顔をしていたので、何も考えていないのかと思っていた。

「いや、親には心配かけてるよな～と思ってるよ。そんなに結婚して子どもこさえて欲しいなら、適当に相手決めてくれればそれでいいんだけど、俺が適当過ぎて相手が気の毒だしなあ」

「アニキが真面目なこと言ってると気持ち悪いな……」

「何だよそれ！　俺はいつでも真面目だぞ。特に映への愛に関しては大真面目だ。地球を飛び出すくらいの特大真面目な愛情だぞ！」

「うん、やっぱりいつも通りのアニキだった」

拓也の通常運転に内心ホッとしつつ、映はかつての婚約者のことを思い出している。

雪也に強制連行されて彼女の現在の働く姿を見ただけで、自分の中で止まっていた時計の針が動いた。また雪也に世界を変えられたと感じた。

小一時間ほどグダグダしてから拓也が帰っていくと、いきなり雪也は椅子(いす)に座っている映を抱き締める。

「ん……、何、いきなりは勘弁して」

「違いますよ。そんな突然襲いません。ただ抱き締めたくなったんです」

いつも突然襲いかかる男が何を言うか、と思うものの、何やら不安定な様子の雪也に揶揄する言葉を呑み込む。

「どうしたんだよ……何か心配事?」

「ええ、まあ……」

拓也とのやり取りで、映が実家に帰ってしまうのではないかと心配しているのは明らかだった。

これだけ密接な繋がりがありながら、まだそんなに不安に思うのかと少しふしぎにも思う。けれど、それはきっとお互い様だった。

「大丈夫。あんたから離れたりしないから」

雪也はハッとして体を離し、映を真正面から見つめる。

いつも強引なくらいの目の色が、自信のなさに揺れている。この傲慢で理知的な男のこんな顔を知っているのは、恐らく自分だけではないだろうか。

「本当ですか」

「本当だよ」

思わず少し笑ってしまう。あまりにも今更なやり取りだ。

「雪也がいちばん大事。今ならはっきりそう言えるよ」

色々な景色を見せてくれた。大切なものを取り戻させてくれた。

そして、過去を受け止めてくれた。

「あんただけは失えない。何があっても」

「映さん……」

ものすごい力で抱き締められて、息が止まる。何をそんなに感激しているのだろうか。

あれほどすべてを暴いておいて。これだけ依存させておいて。

今更手放されて困るのはこちらの方だ。こうなることが怖くて、すべてを預けたくなかったというのに。


人生とは往々にして理不尽なものだ。

たとえ真っ当に生きてきたとしても、自分の日常とは関係のないところから、思いもよらぬ厄介事が突然舞い込むこともある。

今回降って湧いた赤ん坊騒動は、確かに厄介事ではあったけれど、それぞれに曖昧だった将来のことを考えさせる機会になった。

雪也と映には家族としての可能性を。映個人には実家との関わりを。そして拓也には、恐らくはいくばくかの長男としての責任を。

（令人、元気に育ってるかなあ……）

いつか自分の子どもをこの手に抱くときが来るのだろうか。

そんな途方もない未来に思いを馳せながら、仄かに残る乳の香に少し切なさを覚える映であった。

あとがき

こんにちは。丸木文華（まるきぶんげ）です。

フェロモン探偵、お陰様で七冊目です。

前回一区切りというような形だったかと思うのですが、今回はだいぶ毛色の違うお話となっております。

私の作品をこれまで見てこられた方はわかると思うのですが、初めて書きました。子育てというか何というか、とにかく赤ん坊を囲んでどうのこうのという話は。

前回の最後で拓也（たくや）の隠し子か？　と自ら（みずから）振っておいて何ですが、ボーイズラブにおいて育児をするなどという展開は正直私の守備範囲外と言いますか、あまり積極的には書かない方向性でありました。

もちろん巷（ちまた）には子育てBL的なお話もたくさんあることは知っているのですが、私はこう……生命を育てるというよりも、お前を殺して俺も死ぬみたいな話ばかり書いてきたもので、そんな荒（すさ）んだ丸木話に慣れた読者様は、まず表紙からして驚かれたのではないでしょうか。

今回のお話も最初のプロットは子育ての他に主眼が置かれていたのですが、編集さんのアドバイスで、映（あきら）と雪也（ゆきや）が赤子を育てる話が中心になりました。

実のところそういう話を書く自信がまったくなくて（書いたことがないので）、初稿を提出して、やっぱりダメですね～などと言われたら辛いなあと思っていたのですが、「意外なほど子育てをしている」との感想をいただき安堵しました。書けた……子育てＢＬ、私も書けたよ！

ちなみに作中で出てくる雪也の計画、実際にある話です。私の家族がニューヨークで滞在した家のお嬢さんが、女性のパートナーと、同じ男性の精子で二人で出産したそうで。

他にも、三人の内、一人は養子、一人は代理母、一人は自分が出産と全員違う形でのお子さんのご家庭があったり、あちらは本当に家族の形が様々で、何だか本当に進んでいるなあと思います。同時に宗教上の理由で進化論を教える学校には行かせないとホームスクーリングを選ぶ家も結構な数があるらしく、進んでいるのか何なのかふしぎな国です。これが多様性ということなのかなあ。

ところで、今回のタイトル『母になる』、選ばれないだろうと思いつつ出したら通ってしまい、ＢＬとしては世にもふしぎな名前になってしまいました。しかし映は確かにすっかり母だったので、タイトルに偽りなしです。

最後に、この本をお手にとってくださった皆様、長らく華やかでキラキラした最高の挿絵を描いてくださる相葉（あいば）キョウコ先生、いつもお世話になっております編集のＩ様、Ｏ様、本当にありがとうございます。

シリーズの次の作品でも、また皆様にお会いできますことを願っております。

『フェロモン探偵　母になる』、いかがでしたか？
丸木文華先生、イラストの相葉キョウコ先生への、みなさまのお便りをお待ちしております。

丸木文華先生のファンレターのあて先
〒112-8001　東京都文京区音羽2-12-21　講談社　文芸第三出版部「丸木文華先生」係

相葉キョウコ先生のファンレターのあて先
〒112-8001　東京都文京区音羽2-12-21　講談社　文芸第三出版部「相葉キョウコ先生」係

N.D.C.913　220p　15cm

丸木文華（まるき・ぶんげ）
6月23日生まれ。B型。
一年に一回は海外旅行に行きたいです。

講談社X文庫

フェロモン探偵（たんてい） 母（はは）になる
丸木文華（まるきぶんげ）
●
2019年10月3日　第1刷発行

定価はカバーに表示してあります。
発行者――渡瀬昌彦
発行所――株式会社 講談社
東京都文京区音羽2-12-21 〒112-8001
電話 編集 03-5395-3507
販売 03-5395-5817
業務 03-5395-3615
本文印刷―豊国印刷株式会社
製本―――株式会社国宝社
カバー印刷―半七写真印刷工業株式会社
本文データ制作―講談社デジタル製作
デザイン―山口 馨

ISBN978-4-06-517444-9

ホワイトハート最新刊

フェロモン探偵　母になる

丸木文華　絵／相葉キョウコ

溶けるほどの溺愛新婚生活！　兄・拓也の隠し子騒動で、家出以来、初めて実家へ帰省した探偵の映。その魔性のフェロモンゆえか、赤ん坊は映にしか懐かず、そのまま実家で育児生活を送るはめに！

ハロウィン・メイズ　〜ロワールの異邦人〜

欧州妖異譚23

篠原美季　絵／かわい千草

迷路で、人は道を見失う。生者と死者の隔てなく。ベルジュ家一族の式典に招かれたユウリは、贅を尽くした屋内巨大迷路で子供たちの面倒を見ることに。しかし楽しいイベントのはずが、行方不明者が出てしまった！

アラビアン・ロマンス

〜摩天楼の花嫁〜

ゆりの菜櫻　絵／兼守美行

とことんまで可愛がってやる。ニューヨークで俳優を目指す直哉は、超セレブな暮らしをするアラブ系美丈夫と出会う。口説かれて一夜限りの関係を結ぶが、謎の多い彼と愛人関係になり……？

ホワイトハート来月の予定（11月2日頃発売）

恋する救命救急医　魔王降臨……………………春原いずみ

VIP　渇望……………………………………高岡ミズミ

霞が関で昼食を　秘密の情事…………………ふゆの仁子

※予定の作家、書名は変更になる場合があります。